Verliebt in Augsburg

Gemalte und geschriebene
Bilder einer alten Stadt

Bilder von Eva Klotz
Texte von
Rolf Biedermann
Elisabeth Emmerich
Manfred Krug
Benno Plabst
Rüdiger Schablinski
Gertrud Seyboth
Winfried Striebel

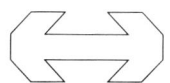

Verlag Hofmann-Druck KG Augsburg

2. Auflage 1985

© 1984 by Verlag Hofmann-Druck KG Augsburg
Alle Rechte vorbehalten
Layout: Hermann Ay
Gesamtherstellung: Hofmann-Druck KG Augsburg
ISBN 3-922865-12-7

Inhalt

„Liebe ist, wenn …"

…heißt eine erfolgreiche Comic-Serie, die seit einigen Jahren in der internationalen Boulevardpresse verbreitet wird. Liebe ist, wenn – ja, wenn was? darf gefragt werden, wenn sich eine Augsburger Malerin mit Augsburger Autoren zusammentut, um gemeinsam ein Buch „Verliebt in Augsburg" zu gestalten.

Die Malerin: Eva Klotz. Ihre Liebe zu dieser Stadt hat sie schon in den letzten Jahren in vielen Kalender- und Buch-Miniaturen offenbart. In Bildern, für die das Prädikat „naiv" mehr bedeutet als eine mittlerweile recht abgegriffene Vokabel im Kunstbetrieb. Bemühen wir lieber den ursprünglichen Wortsinn im Lexikon: Dort steht „naiv" für „natürlich" und „unbefangen". So sieht Eva Klotz ihre Stadt – und nicht auch zuletzt mit dem dritten Begriff, der im „Großen Meyer" hinter dem Stichwort „naiv" zu finden ist: „kindlich". Gibt es ein schöneres Kompliment, noch dazu für eine dreifache Mutter, jenen Zauber bewahrt zu haben, den der Blickwinkel der Kinder bietet? Er umfaßt nicht so sehr die wuchtigen Monumente von den Titelblättern der Kunstführer, sondern mehr die kleinen Winkel und stillen Ecken, die zum Spielen und Verspieltsein einladen. Selbst dann noch, wenn ein paar Meter weiter die Oase endet und die Wüstenei der Auto-Karawanen beginnt.

Die Autoren: Sie haben diese Perspektive geteilt, jede und jeder auf ihre/seine Weise. Sie haben versucht, Eva Klotz auf ihrem Weg durch die 2000jährige Zauberstadt zu begleiten. Und wenn es manchmal gar zu schwer fiel, das „naive", das kindliche Bild mit ebensolchen Worten zu ergänzen, half eins immer: die Erinnerung an die eigene Kindheit, im Augsburg von einst. So verhalf die Malerin mit ihren Bildern auch den Verfassern der Texte dazu, die Stadt wieder einmal nur „naiv" zu sehen, will heißen: manche städtebaulichen Aufgeregtheiten der letzten Jahre beiseite zu lassen und sich – jenseits der lokaljournalistischen Tagesdiskussion – wie Touristen in der Heimatstadt zu fühlen, auf der Suche nach Vergangenem und Gebliebenem.

Auf diese Weise entstand ein Mosaik sehr individueller Liebeserklärungen an die Zweitausendjährige. Manchmal münden sie – der Leser wird es feststellen – in eine typisch augsburgische Variation der Feststellung „Liebe ist, wenn …", nämlich: „Liebe ist, trotz …" Verliebtsein in Augsburg, trotz allem: die Bilder von Eva Klotz wollen dazu neu einladen.

Der alte Brunnengroßvater erzählt

Gertrud Seyboth

Schlank und schmal sieht er aus in seinem grünen Ölanzügle, das schon ein bißchen rissig geworden ist. Am Brunnenbecken nagt der Rost. Man hat den alten Brunnengroßvater am Bourgesplatz hinter dem Wertachbruckertor an den äußersten Rand der Anlagen geschoben. Da steht er nun, von Bänken umgeben, seit etwa hundert Jahren. Damals, zwischen 1870 und 1890, wurde eine ganze Serie eiserner Trinkbrunnen über die Stadt verteilt. Unter ihnen war auch der standhafte Brunnenopa.

Sein Platz ist ein bißchen zugig und laut, und auf den Bänken sitzen vor allem Leute, die auf den Bus warten. Auch Kinder kommen oft in diese Ecke. Viele haben sich schon von ihm die schmutzigen Händchen waschen lassen und manchmal auch einen Schokolademund, ein aufgeschlagenes Knie oder ein verheultes Gesichtlein. Früher haben die Leute gern das frische Brunnenwasser ge-

Brunnensäule an der Ecke Bismarck-/Stettenstraße

trunken. Heute wird das dünne Rinnsal von den meisten verschmäht.

Ja, die Zeiten haben sich geändert. „Und doch sind viele Probleme die gleichen geblieben", sinniert der Brunnenopa, wenn er den Gesprächen zuhört, die rings um ihn geführt werden. Was sich die Alten und die Jungen so erzählen, das hat er in hundert Jahren schon oft gehört...

Die kleine Zirbelnuß, die seinen einst hochmodernen Kopfputz krönt, weist den Brunnenopa als echten Augsburger aus. Und er ist stolz darauf, ein Augsburger Brunnen zu sein, denn die Augsburger Brunnen sind weltberühmt. Der eiserne Opa weiß, daß er unter ihnen sehr bedeutende Kollegen hat. Da ist zum Beispiel der Gründer der Stadt, der römische Kaiser Augustus, der den Platz vor dem Rathaus beherrscht. Daß seine Kohorten vor 2000 Jahren Augsburg erobert haben, nimmt der Opa dem alten Kaiser nicht übel. Aber daß er im Jubiläumsjahr 1589, als die 1600-Jahrfeier der Stadtgründung begangen wurde, einfach nicht gekommen ist, das trägt ihm der Opa immer noch nach. Damals sollte nämlich der Prachtbrunnen von Hubert Gerhard aus Holland vor dem Rathaus errichtet werden. Aber Augustus kletterte erst 1594 – fünf Jahre zu spät! – auf die Brunnensäule. Der Opa findet das skandalös.

Übrigens soll Augsburg auch 1985 zur 2000-Jahfeier einen Brunnen bekommen – diesmal für den Königsplatz. „Hoffentlich klappts", murmelt der Opa in seinen eisernen Bart.

Ihn freuts, daß dem Kaiser fünf Jahre später von Merkur die Schau gestohlen wurde. Der Gott der Kaufleute (und Diebe), ebenfalls von einem Niederländer – er hieß Adriaen de Vries – entworfen und von dem Augsburger Meister Wolfgang Neidhart in einem Stück gegossen, markiert die Stelle, an der die Bürgermeister-Fischer-Straße zwischen Weberhaus und Moritzkirche auf die Maximilianstraße trifft. Er bezeugt heute noch, daß die Fuggerstadt einst durch ihren Handel Weltgeltung erlangt hat. Und schließlich steht in der Maximilianstraße auch noch Herkules, 1602 ebenfalls von Adriaen de Vries errichtet. Er schwingt vor dem Schaezlerhaus seine Keule über der siebenköpfigen Hydra, wobei ihn auf dem Brunnenrand drei schlanke Najaden bewundern. „Zu mir kommen auch oft schöne Mädle", schmunzelt der Brunnenopa.

Andere Brunnenfiguren sind weite Wege gewandert. „Des hab i net braucht", wirft der Brunnenopa zufrieden ein. So weiß er vom Georgsbrunnen, der ursprünglich vor der Geschlechterstube, dem Rathaus gegenüber, stand, dann hinunter zur Stadtmetzg zog und 1961 auf eine hohe Säule vor der Jakobskirche gehoben wurde. Erst bei diesem Umzug hat man auf der Standplatte des Drachentöters die Jahreszahl 1565 und die Initialen V.D. entdeckt. Seitdem wissen die Augsburger, wie alt der edle Rittersmann ist, und daß ihn der Rotschmied Veit Dietsch gestaltet hat.

Der Brunnensenior der Stadt aber ist der Meeresgott Neptun. „Der isch ja der älteste von uns alle", sagt der Brunnenopa vom Wertachbruckertor mit Genugtuung. Neptun hat die weiteste Strecke zurückgelegt, bis er einen angemessenen Platz vor dem Nordtor der Fuggerei gefunden hat. Die Bronzefigur, um 1530 geschaffen, schmückte ursprünglich das Gartengut eines Patriziers, versteckte sich im Dreißigjährigen Krieg in der Stadtbibliothek und hatte dann einen Brunnen in der Weißmalergasse (der heutigen Karolinenstraße) zu bewachen. Später fand der Mann mit dem Dreizack eine passende Stelle auf dem Fischmarkt zwischen Perlachturm und Rathaus. Als Nachbar der Fuggerei fühlt er sich längst heimisch auf dem Jakobsplatz. „Mei", sagt der Brunnenopa, „da paßt er doch hin. Er ist ja fast grad so alt wie die Fuggerei".

Kriminell wurde es beim Goldschmiedebrunnen, der seit 1910 auf dem Martin-Luther-Platz steht. Immer wieder stahlen Diebe dem jungen Goldschmied auf der Brunnensäule den vergoldeten Becher aus der Hand. Schließlich wurde die begehrte Trophäe durch einen Bronzepokal ersetzt. Der Brunnen in den Königsplatzanlagen ist vor allem zu einem Treffpunkt junger Leute geworden. Er ist ein technisches Denkmal. Alfred Thormann hat ihn der Stadt 1880 zum 700jährigen Bestehen der Dynastie Wittelsbach gestiftet. Der Brunnen sollte beweisen, daß sich das damals neue Baumaterial Beton auch für den Brunnenbau eignet. Der Brunnenopa will's nicht recht glauben: „Man siehts doch an mir, wie gut Eisen hält!"

Ein hartes Schicksal hat der

Trinkbrunnen am Bourgesplatz beim Wertachbruckertor

Prinzregent von Bayern überstanden, der seit 1903 über ein großes Brunnenrund auf dem Prinzregentenplatz hinblickt. Er mußte im zweiten Weltkrieg zum Einschmelzen abgeliefert werden und wäre beinahe zu einer Kanone verarbeitet worden. Nach dem Krieg entdeckte ein Augsburger das Monument fast unversehrt auf einem Hamburger Schrottplatz. Luitpold wurde für 3500 Mark ausgelöst und kehrte wieder nach Augsburg zurück. „Da hab i aber Glück ghabt", murmelt der Brunnenopa nachdenklich. Schließlich ist er aus bestem Eisen.

Es gibt noch sehr viele Brunnen in Augsburg, kleine und große, alte und neue. Brunnen auf Straßen und Plätzen, in Höfen und Parks. Ganz nackt steht seit 1908 das Büblein auf dem Kesterbrunnen in der Schießgrabenstraße, was in jener sittsamen Zeit bei den Augsburgern große Empörung auslöste. Auf der Freilichtbühne und beim Steinernen Mann begegnet der Augsburger zwei schönen venetianischen Wandbrunnen. Im Garten des Schaezlerpalais turteln, nach altem Vorbild neu geschaffen, Nix und Nixlein unter dem feinen Sprühregen einer Fontäne. Aus jüngerer Zeit

stammen auch der zarte Fischbrunnen vor dem Palasthotel „Drei Mohren", der schlanke Reiher auf dem Brunnenbekken der Hessingklinik, die Pinguine im Hof des Justizgebäudes, der zornige Vogel Greif im Anna-Hintermayr-Stift, die Brunnenmädchen auf dem Stadtmarkt, der Springbrunnen im Hofgarten und viele, viele andere. Die Augsburger mögen sie alle.

„Des stimmt", sagt der eiserne Opa selbstbewußt: „Mich mögens auch!" und da hat er recht.

Freilich, einer wird oft übersehen: Ein kleiner Brunnen am Eingang zur Bismarckstraße, ein Zeitgenosse des Brunnenopas, ganz wie er aus reich verziertem Eisen, mit einem winzigen Tempelchen auf dem Kopf. Das halbhohe Brünnlein steht bescheiden neben einem Futterplatz für Tauben und hat ganz unten zwei kleine Schalen, die als Vogeltränke gerade recht wären. Aber aus diesem Brünnlein fließt kein Wasser mehr.

Der alte Opa erinnert sich. „Den kenn i scho. Der is mir furchtbar auf die Zehen gstiegen, wie's uns damals im Pferdewagen zu unsere Plätz' gfahr'n ham."

Freiballone am Augsburger Himmel

Eine Traumreise
im Luftballon

Winfried Striebel

Im Ballon über Augsburg: Ein Logenplatz am Himmel. Himmlisches Vergnügen! Schillernden Seifenblasen gleich schweben bunte Kugeln im Raum, prallgefüllt mit phantastischen Träumen, heimlichen Wünschen und Sehnsüchten des Erdenmenschen, unterwegs zu unbekannten Zielen. In die Lüfte. Zu den Wolken. Zu Luftschlössern. Ins Wolkenkuckucksheim. Seifenblasen-Träume, die nicht zerplatzen. Im Ballon nimmt die Phantasie Formen an. Im Schweben holt die Wirklichkeit die Wunschwelt ein. Schwereloses Gleiten mit den Wolken – wahrlich wundersames Vergnügen, dreidimensionale Reise, grenzenlose Freiheit, erlebtes Abenteuer. Mondfahrer mögen die Erde ähnlich in Erinnerung haben: Aus der Höhe schrumpft die Welt zum Modell. Auf Sandkastenformat. Häuser, Straßen, Kirchen, Fabriken, Wälder, Wiesen, Seen. Eine lebendige Landkarte unter dem Luftfahrer. Reißbrettentwurf einer

Stadt. Und ein Stück Schöpfungsgeschichte. Zum Erschaffenen rückt Geschaffenes. Dem Himmel näher, eröffnen sich neue Perspektiven irdischer Betrachtungsweisen. Der Ballon schafft Distanz und entrückt. Das bringt Raum für Gedanken und Weite für den Blick.

Aus dem Gewirr der Giebel ergibt sich zwangsläufig Ordnung. Die fadenschmalen Gassen der Altstadt münden in vertraute Plätze. Pflastergraue Bänder, von Fassadenfronten gesäumt, geben sich als Hauptstraßen zu erkennen, lassen sich leicht namhaft machen: Die Maximilianstraße, an deren einem Ende die grünen Kupferknöpfe der Rathaustürme, am andern der schlanke Münsterturm St. Ulrich; die Bürgermeister-Fischer-Straße, die sich zum Königsplatz weitet, auf dem Busse und Straßenbahnen wie Raupen in einem Nest zusammenkriechen; die Straße ums Rote Tor, das sich wie eine Spielzeugburg im Grün des Parks versteckt; und da, wo die Frauentorstraße vom Lueginsland her die Unterstadt erreicht und beinahe ehrfurchtsvoll den großen Bogen um die Bischofskirche schlägt, streckt der Hohe Dom die bleistift-dünnen Spitzen

seiner beiden Türme herauf, als habe er sie geheißen, das Lob Gottes unübersehbar an den Himmel über Augsburg zu schreiben.

Auf dem Rathausplatz gruppieren sich die Sonnenschirme der Brotzeitoase wie ein leuchtendes Rosenbeet um den Augustusbrunnen. Was sich dazwischen und darum herum wie krabbelnde Blattläuse bewegt, sind Augsburger und Touristen. Menschen mit Abstand betrachtet. Aus der Distanz zur Realität in die richtige Relation gerückt.

In den Brunnenbecken straßauf straßab perlt und sprudelt es wie in Champagnerschalen. Der Wassergraben am Oblatterwall säumt die Stadt wie ein Stück Ornamentenstickerei. Die kurzen Kiellinien auf der Wasserfläche lassen Bootsfahrer auf der idyllischen Kahnfahrt erahnen. Im Labyrinth der Altstadt verliert das Auge die Spur der Bäche und Kanäle, die sich unter den Häusern verkriechen, da und dort wieder auftauchen, um sich erneut den Blicken zu entziehen. Ganz anders Lech und Wertach. Stanniolstreifen gleich leuchten sie zwischen üppigem Auengrün, streben unaufhaltsam zueinander, finden sich schließlich im Schutz des Ur-

walddickichts der Wolfzahnau zu einträchtiger gemeinsamer Weiterreise. Ein paar Kilometer flußaufwärts trägt der Lech seine Vorfreude auf die Vereinigung überschäumend zur Schau. Brodelnder Wasserkessel Hochablaß. Gleich daneben der Kuhsee im Mittagslicht. Hunderttausendfach spiegeln sich glitzernd darin Sonnenstrahlen, funkeln wie gleißendes Geschmeide, das eine unsichtbare Hand auf ein samtenes Tuch geschüttet hat. Im Ausguck am Himmel hat sich die Stadt in ein Juwel verwandelt. Wunsch und Wirklichkeit sind unter der Seifenblase eins geworden...

Im Ballon über Augsburg: Aus einer Vision wurde Wirklichkeit. Knapp 200 Jahre nach den spektakulären aber erfolglosen Startversuchen des Barons Joseph Maximilian Freiherr von Lütgendorf, mit einer gasgefüllten Kugel erstmals von deutschem Boden aus den Höhenflug zu wagen, ist die Erfüllung dieses alten Menschheitswunsches eine Selbstverständlichkeit. Damals, im Jahre 1786, griff der von Erfindergeist und Forscherdrang beseelte Thurn- und Taxische Hofrat aus Regensburg in Augsburg vergeblich nach den Sternen. Gönner und Geldgeber ermöglichten dem Baron den Bau seines Ballons in Augsburg, eines Luftgefährts, das alle bis dahin bekannten Vorstellungen übertraf. Die rot-weiß gestreifte Hülle wurde von Dutzenden von Zuschneidern und Näherinnen aus 1200 Ellen feinsten französischen Tafts zusammengenäht und mit einer elf Schuh langen Gondel ausgestattet, die nichts an Prunk und Komfort zu wünschen übrig ließ: Mit Leder überzogen, rotem Brokat ausgeschlagen, vergoldet, lackiert, mit Borten, Fransen und Quasten verziert, und einem standesgemäßen Goldsessel für den Piloten „möbliert". Schon die durch geschickte Propaganda geweckte Neugierde der Augsburger an seiner märchenhaften Luftkutsche münzte der geschäftstüchtige Herr von Lütgendorf in Bares um. Zur Besichtigung des Ballons gab er Billetts aus. Ideen- und Einfallsreichtum des buchstäblich von hochfliegenden Plänen getragenen Mannes kannten keine Grenzen. Er, der beispielsweise eine Geldkassette konstruiert hatte, aus der vier Pistolen automatisch feuerten, wenn das Behältnis unbefugt geöffnet wurde, hatte sich als Schauplatz für das historische Ereig-

nis auf den Siebentisch-Wiesen am Augsburger Stadtrand eigens ein Amphitheater bauen lassen. Mit 10000 Stehplätzen, 4320 überdachten Sitzgelegenheiten, Galerien für Trommler und Trompeter. Es fehlte nicht einmal an, wie der Chronist festhielt, „in Notfällen unentbehrlichen Appartements". Eine gigantische Anlage, im Ausmaß dem mutigen Vorhaben angepaßt. An dem für den Aufstieg vorgesehenen Tag, dem 24. August 1786, machte ein Wolkenbruch allen Startplänen jäh ein Ende. Zwei Tage später erwies sich zwar der Wettergott gnädig, alle übrigen Bedingungen standen unter einem weniger glücklichen Stern.
Ob's daran lag, daß ausgerechnet die städtischen Totengräber der feierlichen Prozession zum Startplatz den Haltering für die Luftgondel voraustrugen?
Jedenfalls mißglückten Füllung und Aufrüstung des Ballons durch meist betrunkene und ungeübte Helfer. Und als bei erneut aufkommendem Wind das Manöver vollends abgebrochen werden mußte, ergossen sich Spott und Schadenfreude, Unmut und Verwünschungen über den Freiherrn von Lütgendorf, dem eine faszinierte

Öffentlichkeit zuvor euphorisch gehuldigt hatte. Die Enttäuschten forderten ihr Eintrittsgeld zurück. In den Zeitungen erschienen Pamphlete statt Lobeshymnen. Aus vermeintlichen Zeugen eines historischen Augenblicks waren Opfer eines gigantischen Reinfalls geworden. Der Baron von Lütgendorf schied als „Lügenbaron", ausgewiesen vom Rat der Stadt nach einem weiteren erfolglosen Startversuch. Zwischen Weihnachten und Neujahr 1786 nahm der Geschmähte und Geschundene einen letzten Anlauf zum Erfolg. Unterstützt von einem kleinen Häuflein Getreuer versuchte er in Gersthofen, vor den Toren von Augsburg, seinen Ballon in die Luft zu bringen. Alles schien zunächst gut zu gehen. Dann fehlten Eisenspäne und Vitriol zur Erzeugung des Gases. Nachts kam Sturm auf und machte das Werk von Monaten zunichte. Der halbgefüllte Ballon wurde ein Opfer des Unwetters. Aus der Traum vom ersten Menschheitsflug in Deutschland. Ironie des Schicksals: Ausgerechnet in Gersthofen starten heute alle Freiballone, die von Augsburg aus auf Traumreise gehen.

Hans Holbeins liebstes Bild

Benno Plabst

Dort unten, wo der alte Vater Lech seine Kinder herumspringen läßt – die Wasserkanäle, die an den Häusern vorbei- und unter den Straßen hindurchlaufen –, dort unten ist die Altstadt von Augsburg. Zwischen den Häusern, oft klein und winzig, manchmal aber auch breitbrüstig und hochgiebelig aufragend, sitzt die Geschichte der Stadt und macht ihre Notizen.

Sie schaut aus den Dachluken, spiegelt sich in den Fensterscheiben und hockt in verschwiegenen Toreinfahrten, dunklen Höfen und in tausend Ecken und Winkeln herum. Es sind Ecken und Winkel, die manches Geschichtlein erzählen könnten: Daß hier ungezählte Generationen von Augsburgern geboren wurden, als Kinder herumsprangen, ihr Leben als fleißige Bürger und Bürgerinnen hinter sich brachten. Und dann wieder verschwanden, um anderen Platz zu machen, genau wie das Wasser der Kanäle, das kommt und geht.

Der Schritt von Kaisern und Königen, von Malern, Musikern und Gelehrten hallte einst durch diese Gassen der ehemals Freien Reichsstadt Augsburg. Bayern und Franzosen, Schweden und Russen liefen hier waffenklirrend herum – hier wurde gestochen und gehauen, geschrien und gelitten, getanzt, gelacht und gezecht, aber immer auch gearbeitet. Das ist heute noch so. Die Arbeit und die Freude am Leben durchziehen die Altstadt genauso wie ihre alten Kanäle. Manches Wirtshausschild erzählt davon: „Bauerntanz", „Bei Sankt Ursula", „Blaues Krügle", „Grauer Adler", „Grüner Baum", „Lechklause".

Auch die Völkerschaften sind bunt durcheinandergewürfelt – wie beim Turmbau von Babel. Nicht nur alteingesessene Datschiburger wohnen in der Altstadt. An den Türschildern sind heute viele fremdklingende Namen zu lesen. Isgüll und Polokofsky, Smetana und Malikoff, Jancyk und Palowitsch vermischen sich mit Säftle und Huber, Obermeier, Müller, Schmidt und Dirrgiebel. Es ist ein buntes Völkchen, das die Altstadt bewohnt.

Und wenn es feiert, wird alles noch bunter. Die Straße wird dann zum Theater. Man gibt das Stück „Altstadtfest". Jeder, der mitmacht, ist Darsteller und Zuschauer zugleich. Die alten Häuser sind die Kulissen. Die Sonne spielt Beleuchter, aber auch die Wolken machen mit, und manchmal sogar der Regen und der Wind. „Da kasch nix macha!" sagen die Festbesucher dann und spannen den Schirm auf. Regen und Wind gehören auch zum Leben. Ganz ohne sie wäre die Sonne ja nur halbsoviel wert.

Der Augsburger Maler Hans Holbein, der ebenfalls dort unten in der Altstadt gewohnt hat, wird im Himmel ganz unruhig. Wenn er auf das Augsburger Altstadtfest herunterschaut, sagt er zu seinen beiden Söhnen: „Des muaß i jetzt mola!"

Dann nimmt er Pinsel und Farben und fängt an. Die langen Bänke malt er, auf denen die Frauen, Männer und Kinder sitzen, und das Bierfaß, wie es angezapft wird. Die Biergläser und den Schaum oben drauf, die nach hintengeneigten Köpfe, in die das Bier hineinläuft, die Rettiche, Bratwürste und Brezgen auf den Tischen, den Ziehharmonikaspieler, den Otto, der mit seiner Sofie tanzt, und die gurrenden Tauben, die frechen Spatzen, die Hunde und die Katzen, die Türken, die Italiener, die Griechen und Jugoslawen und alle anderen, die so verschiedene Sprachen sprechen, aber im Grunde ganz gleich sind, wenn

Die „Komödie" im Gignouxhaus am Vorderen Lech

17

Alte Gastwirtschaft am Vorderen Lech

man sie sich ohne Garderobe vorstellt. Sie sind ja auch alle Äpfel vom selben Paradiesbaum. Bloß die Verpackung ist unterschiedlich. Aber was sagt die Verpackung schon über die Qualität?

Der Holbein malt und malt. Er hat schon viele Gemälde geschaffen. Für Kaiser und Könige. Aber das hier wird sicherlich eines seiner liebsten Bilder. Er wird es im Himmel als Wandgemälde aufhängen, zur Erinnerung an seine Vaterstadt: „Augsburger Altstadtfest". Damit, falls zufällig einmal ein Augsburger dorthinkommen sollte, der sich sofort wie daheim fühlt.

Natürlich kann auch der genialste Maler nur für die Augen malen. Was die Nasen alles bei einem Altstadtfest erleben, das kann keiner, auch nicht mit dem teuersten Pinsel und den lebendigsten Farben, in ein Bild hineindrücken. Auch nicht das Lachen, das die Ohren hören und nicht die Zärtlichkeit, die die Hände fühlen. „Selber muasch komma!" sagt der Brunselbacher Heinrich, ein alter Altstadtbewohner. „dann erlebsch es richtig!" Er meint, das Altstadtfest müsse man auch riechen. Und hören. Es rieche nach „Leut", sagt er, und nach Leben. Und es klinge

18

nach Volk. „Prost!" Und er
hebt sein Bierglas.

Der Holbein, der von weit
oben zuschaut, sagt: „Ah, do
schau her!", taucht seinen Pinsel aufs neue in die Farben und
malt auch den Heinrich Brunselbacher. Mitten hinein in sein
Kolossalgemälde. Jetzt ist der
Brunselbacher da festgehalten
für alle Zeiten. Mindestens
aber, bis – nach weiteren tausend Jahren – Augsburg seinen
3000. Geburtstag feiert. Dann
fließen immer noch die Lechkanäle durch die Altstadt, es
wird immer noch ein Altstadtfest geben, und die Geschichte
wird immer noch zwischen den
Häusern hocken wie heute,
den winzigen und den hochgiebelig aufragenden, und ihre
Notizen machen.

Vorausgesetzt, daß die Menschen bis dahin von ihr lernen
und sich auch nach dem richten, was sie gelernt haben.

Bürgerhäuser in der Maximilianstraße

Die vielen Gesichter des Bürgerhauses

Rolf Biedermann

Das Gossnerhaus beim Herkulesbrunnen

Das Augsburger Bürgerhaus hat im Laufe seiner langen Geschichte Gestalt und Antlitz vielfach verändert. Bis zum Ende der Spätgotik dürfte die Mehrzahl der Augsburger in Holzhäusern gewohnt haben. Doch bereits auf dem Seld-Plan von 1521 sind Steinbauten die Regel, vereinzelt begegnen auch noch Fachwerkhäuser. Ein Jahrhundert später, auf dem Kilian-Plan von 1626, erscheinen die ehemals ein- bis zweigeschossigen Häuser nahezu durchweg um ein Geschoß erhöht, bis sie dann im 18. Jahrhundert als Zeichen des weiter gestiegenen Wohlstandes mitunter an Palastarchitekturen des Hochadels erinnern, zumindest die Häuser der Oberschicht auf der Maximilianstraße.

Weder im Grundriß, noch in seiner äußeren Gestalt besitzt das Augsburger Bürgerhaus einheitliche Züge. Häuser mit dem Giebel zur Straße wechseln in beliebiger Reihenfolge mit traufseitigen, wobei sich sicher auch damals schon die Höhe des Wohlstandes in der Größe des Gebäudes spiegelte. Eine Augsburger Eigenart scheinen jene handtuchförmigen Grundstücke gewesen zu sein, die sich besonders häufig an der Westseite der Annastraße bis ins 18. Jahrhundert belegen lassen. Bei ihnen lag die Schmalseite zur Straße hin, ihre Längsseiten waren als

21

Fassaden in der Kapuzinergasse

schmale Verbindungsbauten zum Rückgebäude zwischen die Nachbargrundstücke eingespannt. Diese langen, schmalen Verbindungsbauten nannte man „Abseiten". An das Rückgebäude schloß sich ein langgestreckter Garten bis hin zur Stadtmauer an.

Da sich in Augsburgs unmittelbarer Umgebung keine Natursteine fanden, dafür aber große Lehmvorräte, wurde der Ziegel der führende Werkstein für Bürgerbauten. Das verringerte zwar die Möglichkeiten der Fassadenbelebung gegenüber dem Naturstein mit seiner wechselnden Farbigkeit. Doch die Augsburger fanden einen Ausweg, indem sie ihre Häuser mit einem fettarmen Kalk aus Tirol verputzten und damit die ideale Grundierung für Fassadenmalerei besaßen. Bemalte Häuser lassen sich hier bereits im Mittelalter belegen. Den Höhepunkt erreichte die Fassadenmalerei jedoch im Rokoko mit seiner Vorliebe für aufwendige Prachtentfaltung. In dieser Zeit verwandelten sich Augsburgs Straßen in ein vielbestauntes und hochgerühmtes „Open-Air-Museum", in dem neben geometrischen und pflanzlichen Motiven die Figurenmalerei dominierte. Einer der gesuchtesten unter den damaligen Freskanten war Johann Evangelist Holzer, ein genialer Künstler aus Südtirol, der leider viel zu früh verstarb. Er hat zahlreiche Fassaden an der Maximilianstraße bemalt, die der Regen inzwischen längst abgewaschen hat. Immerhin hat sie Johann Esaias Nilson in einer Stichfolge gewissermaßen als Schwarzweiß-Ausgabe der Nachwelt überliefert. Einen gewissen Eindruck von der einstigen Farbenpracht vermittelt noch das Kathanhaus in der Kapuzinergasse, freilich in den Farben viel zu laut.

Ein weiteres Gliederungselement der Fassaden waren die Erker. Sie lassen sich in Augsburg als Flacherker in oder auch außerhalb der Fassadenmitte belegen, an den Eckhäusern als polygonale Eckerker. Der andernorts geläufige Runderker blieb hier unbekannt. Die beiden genannten Erkerformen gab es bereits im Mittelalter, allerdings in der Regel nur auf ein Geschoß begrenzt. Erst im Barock wurden sie über mehrere Geschosse hochgeführt. Neben der Ausdehnung des Wohnraumes erfüllen sie als weitere Nutzfunktion einen besseren Überblick über die Straße, der bei nahender Gefahr lebensrettend sein

Beim „Bader" in der Karolinenstraße

23

konnte, sicher aber auch bei der Befriedigung bloßer Neugier seinen Reiz besaß. Und natürlich kam der Erker dem Repräsentationsbedürfnis seines Besitzers entgegen, zumal wenn er mit solch qualitätvollen Reliefs geziert war wie am Maximilianmuseum oder Höchstetterhaus. An den Prachtbauten des 18. Jahrhunderts wie dem Schaezlerpalais oder dem zerstörten Hotel Drei Mohren war für den Erker mit seiner vergleichsweise kleinbürgerlichen Attitüde kein Platz frei. Hier trat an seine Stelle der Balkon mit kunstreichem Schmuckgitter. Weitere Schmuckelemente der Augsburger Bürgerhaus-Fassaden waren geschnitzte Türen, unter ihnen besonders häufig die sogenannte Sterntür. Außerdem Nischen für Heiligen- und Marienfiguren und schließlich dekorativ gestaltete Aufzugsgiebel zur Belieferung der Dachböden mit Lagergut.

Die vielfältigen Funktionen, die das großbürgerliche Haus als Handels- und Wohnsitz zu erfüllen hatte, dem auch ein Repräsentationsbereich nicht fehlen durfte, verlangte eine sinnvolle Raumaufteilung. Hierin brachten es die Augsburger schon früh zu hoher Wohnkultur. Dazu gehörten auch die umbauten Innenhöfe, von denen eine ganze Reihe erhalten blieb. Manche von ihnen besaßen wunderschöne Arkadengalerien, manche sogar mehrgeschossige. Nicht alle diese Höfe dienten der Erholung und dem Spiel. Es gab auch sogenannte Wirtschaftshöfe mit gleicher reicher Gliederung. Sie machten den Warentransport innerhalb des Hauses vom Wetter unabhängig. Die bedeutendste Anlage dieser Art findet sich noch im Fuggerhaus mit seinen vier Innenhöfen. Jeder von ihnen erfüllte eine andere Funktion, der eine als Durchgangshof, die anderen als Handelshof oder als Herrenhof mit Schloßparkstimmung und schließlich der Damenhof als intimer Wohnhof.

Zwei stille Höfe

Elisabeth Emmerich

Bei St. Anna gibt es mehrere Stufen zur Stille. Die erste betritt man mit dem Annahof, den zwei enge Torbögen zur Fußgängerzone Annastraße und zur Autoverkehrsader Fuggerstraße hin abschirmen. Die zweite erschließt sich durch das altfränkische Holzportal, an dem der Kreuzgang anfängt. Es ist gleichzeitig der Haupteingang zur Kirche. Jeder Gottesdienstbesucher passiert Grabdenkmäler, die sehr alt sind. Nur an wenigen anderen Plätzen des historischen Augsburg bleibt einem die Tradition derart sichtbar und fühlbar bei jedem Schritt auf den Fersen. Das Pflaster des Kreuzgangs liegt eine Spur tiefer als das Hofpflaster. Noch alle vier Flügel sind komplett erhalten und begehbar. Es empfiehlt sich, erst das ganze Karree abzuwandern, ehe man weiteres unternimmt. Der Kreuzgang war die bevorzugte Grablege der Augsburger Patrizierfamilien. Die ältesten

Im Hof der Alten Silberschmiede in der Pfladergasse

Spuren gehen noch in die Zeit vor dem großen Brand des Karmeliterklosters 1460 zurück. 124 Grabdenkmäler sind noch vorhanden. Ab dem frühen 16. Jahrhundert bis zum Ende der Reichsstadt dokumentiert sich hier das protestantische Patriziat. Die Namen von Stetten, Schnurbein, Rauner, Langenmantel, Herwarth, Beckh, Schorer, Koepff, Hörmann, Liebert, Vöhlin sind versammelt. Schwedische Obristen ruhen unterm Stein, der englische Gesandte Onslow Burrish und sein russischer Amtskollege Christophorus Petersen. Sie waren bei der Freien Stadtrepublik akkreditiert.

Die innerste Zone der Stille bildet das Lutherhöfle. Hierher geht es wieder ein paar Stufen hinauf, zu einem Ruhebänkchen und einem steinernen Brunnentrog mit einem handgeschmiedeten Aufsatz in stilisierter Blütenform. Der Brunnen stammt aus den sechziger Jahren unseres Jahrhunderts. An einem trüben Wintertag, wenn der Brunnen schläft, picken die Stadttauben hingestreutes Futter. Niemand verjagt sie hier. Aus den Kreuzgangfenstern und vom oberen Seitenchor der Kirche fällt das Licht ins Höfle. Die Großstadt ist nur ein fernes

Rumoren. Rhododendronbüsche und der einschichtige Baum sind mit Schnee bepackt. Wie heißt es so sinnig im Wappenspruch eines Grabmals von 1556? „Die Mäuse Tag und Nacht nagen am Baum des Lebens..."

Das war die Zeit, als der saft- und kraftvolle Dr. Martinus Luther zwar auch schon ein Jahrzehnt tot, seine Lehre und Kirchenpraxis in Augsburg aber höchst lebendig und durch keine Macht der Welt mehr zu vertreiben sein sollte. Früher galt der Raum hinter dem letzten kleinen Fenster links oben in der Mauer, vom Lutherhöfle her gesehen, als Luthers Zelle während seines Aufenthalts in Augsburg vom 7. bis 20. Oktober 1518. Der Theologieprofessor aus Wittenberg, der Ketzerei angeklagt, sollte sich von dem päpstlichen Legaten Cajetanus prüfen lassen. Es war gerade wieder einmal Reichstag in Augsburg. Kaiser Maximilian I., wegen seiner Vorliebe für die Stadt „Bürgermeister von Augsburg" genannt, wollte den Fürsten hier die Zustimmung zur Wahl seines spanischen Enkels Karl als Nachfolger abhandeln. Dürer malte den alten Maximilian auf diesem Reichstag, ebenso Jakob Fugger den Reichen. Dessen

Grablege bei den Karmelitern von St. Anna, ein Familien-Mausoleum im edelsten Renaissance-Stil, war im gleichen Jahr 1518 fertig geworden. Der „Fuggerchor" der St. Anna-Kirche hat Weltkunstgeschichte gemacht. Martin Luthers wegen gilt dieselbe Kirche als „Mutterkirche der Reformation" für alle Evangelischen des Augsburgischen Bekenntnisses rund um den Erdball. Schon 1525 führte der Karmeliterprior Frosch, Freund und Nothelfer des verklagten Augustiner-Eremiten Luther in den dramatischen Oktobertagen von 1518, bei St. Anna das Abendmahl mit dem Laienkelch ein.

Die Sache mit dem Lutherfensterchen links oben in der Wand war wahrscheinlich ebenso ein Produkt der Luther-Legende des 19. Jahrhunderts wie das berühmte Tintenfaß auf der Wartburg, mit dem der Reformator den Teufel attackiert haben soll. In unseren Tagen braucht man solche Phantasiekrücken nicht mehr, weder auf der Wartburg, wo der ominöse Tintenklecks in der Lutherstube der Vogtei diskret abgeschafft worden ist, noch bei St. Anna in Augsburg, wo die vorgebliche Lutherzelle zuletzt auch noch in der Pfar-

Das Lutherhöfle bei der St.-Anna-Kirche

rerswohnung lag. Seit dem Luther-Jubiläumsjahr 1983 hat St. Anna dafür die „Lutherstiege" – ein ganz köstliches Museum, das praktisch den ganzen verwinkelten Komplex von Stiegenhäusern, Zimmerchen, Höfchen, Galerien, Sakristeien, Chören, Kapellen und dem Kreuzgang einbezieht. Man erwandert sich, schnaufend, staunend, lernbegierig, vier Jahrhunderte Kirchen- und Stadtgeschichte. Selbst wer Augsburg gut zu kennen glaubt, kommt da allemal auf Neuentdeckungen. Die Pforte zur steilsten Passage der „Lutherstiege" ist just gegenüber vom Lutherhöfle.

Eine Entdeckung ganz anderer Art wartet hinter einem Hoftor in der Pfladergasse. Hausnummer 10 hat hier die alte Silberschmiede. Die ehrsame Tradition des Handwerks, das durch die Jahrhunderte von Augsburg aus die europäischen Fürstenhöfe und später die größten Kunstsammlungen zwischen Moskau und New York mit Spitzenprodukten versorgt hat, läßt sich an diesem Platz urkundlich bis 1260 zurückführen. Das heutige Gebäude stammt stilrein von 1560. Nach einem halben Jahrhundert Pause ist seit 1977 wieder ein Gold- und Silberschmied auf dem Anwesen. Der Laden hat seine großen Schaufenster im „Souterräng" zur Gassenfront. Aber auch ein Flügel des hölzernen Hoftors daneben steht meistens einladend offen für Passanten. Man darf eintreten und entdecken, was dahinterliegt. Platz ist im alten Handwerkerviertel der diversen vorderen, hinteren und sonstigen Lechkanäle unterhalb der Geländeterrasse bei der „Königlichen Straße" kostbar. Mehr als Handtuchbreite für ein Höfle ist deshalb hier auch schon ein richtiger Hof, vor allem im hinteren Teil. Da breitet sich eine richtige kleine Wiese mit Bäumen und Blumenrabatten. Ein barockes Gartenhäuschen steht im Eck mit Arkaden, ein Holztisch mit Bänken. Geranien und Stiefmütterchen blühen in Kästen zwischen handgeschmiedeten Laternen. Die Fenster der Werkstatt reichen nur zur halben Höhe über das Katzenkopfpflaster. Auch da darf zugeschaut werden. Die überdachte Außentreppe führt in einen gemütlichen altdeutschen Windfang. Da ist einem nach Ratsch an der Haustür. Sowas tut nicht nur den Augen gut, sondern streichelt auch das Gemüt.

Die Wellenburger Allee

Von Beizen und Biergärten

Rüdiger Schablinski

Gast (vom Wandern erschöpft, aber froh): „Einmal kalter Braten, bitte!"
Bedienung (sehr jung, nach 20 Minuten, sichtlich verlegen): „'Tschuldigung, daß es länger dauert hat, aber der Braten (noch verlegener) war noch zu warm gewesen."

Liebenswerter Original-Biergarten-Dialog aus Blumenthal bei Aichach, einem neuerdings beliebten Ausflugsziel der Augsburger. Dort hatten vor einigen Jahren einige junge Leute eine gastliche Stätte wiederbelebt, die eine lange Zeit gästelosen Siechtums hin-

Wirtschaft und Kirchlein in Radegundis

ter sich hatte. Der Biergarten von Blumenthal hat zwar inzwischen schon wieder neue Pächter, doch das ändert nichts an der Feststellung, daß in Augsburg und drumherum das gute Gasthaus alter Art zumindest im Sommer wieder eine Zukunft zu haben scheint. Und das, obwohl die US-Fleischpflanzl im Styropor-Deckel auch hierzulande längst ihre geschmack- und geruchlosen Plastik-Duftmarken gesetzt haben. Andererseits ist schwäbische Kost, neu belebt durch den Krautspätzle-Pionier Willy Ost, in Augsburg seit einigen Jahren wieder gesellschaftsfähig. Und überall sprießen die Biergärten, wohl auch in Anlehnung an den Münchner Kastanien-Bier-Boom.

Man trifft sich dabei auf säuberlich sortierten sommerlichen Begegnungs-Ebenen: im Zeughaus-Garten und auf dem Rathausplatz sammelt sich die eher bürgerliche Wurstsalat-Kundschaft, während sich im »Thorbräukeller« die schicke und im „Thing"-Hinterhof die aufsässige Jugend trifft. Gemeinsam haben sie eins: die Maß Bier vor sich auf dem Gartentisch. Diese Renaissance der Freiluft-Gemütlichkeit ist umso bemerkenswerter, als die Augsburger in der

Im Ziegelstadel bei Stadtbergen

Vergangenheit herbe Verluste im Biergarten-Bestand hinnehmen mußten. Vor allem in und um den Siebentischwald: Die Waldgaststätte Spickel auf halbem Weg zum Hochablaß wurde schon sehr früh abgerissen, gefolgt von der Wirtschaft „Zu den Sieben Brunnen" im Siebenbrunn-Unterdorf. Danach fiel – begleitet von heftigen Bürgerprotesten – die traditionsreiche Hochablaß-Gaststätte der Spitzhacke zum Opfer. Aus Gründen des Trinkwasserschutzes, wie auch im Falle Siebenbrunn. Doch zum Trost gibt es viele neue – und alte – Maßkrug-Oasen außerhalb des Hydro-Krisengebiets: vom Kuhsee bis zum Ziegelstadel, von Wellenburg und Radegundis bis zum neu erblühten Biergarten beim Kirchlein

St. Afra auf dem Felde, zwischen dem Stadt-Gut Schwabhof (das inzwischen von der Bebauungswut in Hochzoll-Süd eingeholt wurde) und Friedberg gelegen.

Und dann die Biergärten drumherum, wo auch „Alternative" gern einkehren. Das besagte Blumenthal ist dafür ein ebenso gutes Beispiel wie der Gasthof „Zum Kreuz" in Siebnach, rechts von der Straße nach Wörishofen.

Und die Gasthäuser jenseits der Sommerzeit? Da sind viele Tränen zu vergießen, im Andenken an altehrwürdige Augsburger Schankstätten, die dem Sanierungs-Segen anheim fielen – vom „Stockhaus" in der Maxstraße bis zum „Bauerntanz" im Lechviertel, wo bis Anfang 1984 die Premierenfeiern der Schauspiel-Truppe aus der benachbarten „Komödie" stattfanden. Was nützt es da, daß der unselige „Pils-Bar"-Boom in Augsburg schon wieder deutlich abgeflacht ist? Dem Augsburger, der seinem alten Gasthaus nachtrauert, nützt es wenig. Dort, wo einst das „Fortuna" frisch aus dem Braukessel floß, stehen jetzt Luxus-Eigentumswohnungen, dito wird erwähnter „Bauerntanz" umgewandelt, und in den traditionsreichen Augsburger Bräustüberln – sofern es sie noch gibt – herrscht ein hektisches Hin und Her zwischen Rasniçi, Reiberdatschi und Ravioli.

Bleibt, wie gesagt, nur noch der Open-Air-Trost des Sommers. Aber wann findet der schon einmal statt?

St. Leonhard in Diedorf

Heilige warten am Straßenrand...

Manfred Krug

Augsburg bietet seinen Bewohnern und Gästen viele Vorzüge; doch was diese Stadt besonders lebenswert macht, ist seine reizvolle Umgebung, die zu ausgiebigen Wanderungen und kulturellen Entdeckungen einlädt.

Die Augsburger zieht es meist in die westlichen Wälder, warum dies so ist, weiß eigentlich niemand so recht zu sagen. Kleinode ländlicher Kunst und tiefe Heiligenverehrung prägen die schmucken Dörfer, verbunden durch erholsame

Die Ursulakapelle zwischen Rommelsried und Biburg

Wanderwege durch schattige Wälder und fruchtbare Fluren. In Diedorf, noch im Ort in einer Kurve, aber nur selten bewußt gesehen, steht die St. Leonhards-Kapelle. Mit viel Mühen hat die Gemeinde diese bemerkenswerte Kapelle äußerlich renoviert, die wohl 1766 durch ein Gelübde entstanden ist. Der schlichte barocke Innenraum und erwähnenswerte Gemälde werden gerade renoviert. Bis dort wieder eine Messe gefeiert werden kann, wird wohl noch geraume Zeit vergehen.

Von stillen Wäldern umgeben, eingebettet von duftenden Wiesen liegt das kleine Pfarrdorf Rommelsried, den Augsburgern bekannt durch eine alteingesessene Brauerei mit einer Gaststube für deftige Brotzeiten.

Die heilige Ursula genießt hier große Verehrung. Die Pfarrkirche mit einer reizvollen gotischen Darstellung, „das Schiff der hl. Ursula", ist ihr geweiht. An der Straße nach Biburg steht die kleine Ursulakapelle. Ein wenig verloren, geduckt unter drei mächtigen alten Linden, so als wollte sie sich vor den nicht sehr freundlichen Industriebauten im Hintergrund verstecken. In einer Nische, unter einem vorgesetzten

Dreiecksgieble, erbittet die heilige Ursula Gottes Segen. An der Straße von Batzenhofen nach Rettenbergen entstand um 1738 die Feldkapelle Mariahilf. Zwei riesige Linden spenden reichlich Schatten; frische Blumen und brennende Kerzen zeugen von der tiefen Marienverehrung der Einwohner des nahegelegenen Dorfes. Eine Bank lädt zum Verweilen ein, ein freier Blick schweift über Wiesen und Felder. Frisch geschnittenes Heu duftet, nur fröhliches Vogelgezwitscher in den Lindenbäumen durchbricht die ländliche Stille. Dann springen einige Kinder mit frisch gepflückten Feldblumen herbei. Sie knien kurz nieder, widmen ihre Blumen der Mutter Gottes und laufen in ihr Dorf zurück.

Kapelle am Wegrand bei Batzenhofen

35

Das einbetonierte Herz

Benno Plabst

Der „Tante-Emma-Laden" ist ein aussterbender Vogel. Es geht ihm wie dem Storch. Alle reden von ihm, aber keiner schafft das Futter herbei. Der moderne Mensch hat das Umfeld ausgetrocknet, aus dem er seine Nahrung bezog. Und wie der Storch keine Frösche mehr findet, findet der „Tante-Emma-Laden" keine Kunden mehr. Darum sind die Kirchtürme kahl und die Gemischtwarenlädlein leer; wo früher eifrig geklappert und geplappert wurde, ist alles glattgehobelt vom Schreinermeister Zeitgeist: Einmal hin, einmal her, rumpsdibumbs, das ist nicht schwer!

Dabei war der „Tante-Emma-Laden" ein Paradies für Nasen und Augen, ein Zufluchtsort für Herz und Seele. Wer die Türklinke am „Tante-Emma-Laden" niederdrückte, wurde von tausend Gerüchen des Morgen- und Abendlandes begrüßt. Die Ladenglocke bimmelte und rief nach hinten, wo die Ladenbesitzerin Emma Dipfele in der Küche Kartoffelküchlein in der Pfanne wendete: „Hallo, do isch oiner!" Die Emma band die Schürze ab, rannte in den Laden und stellte sich hinter den Ladentisch: „Grieß Good!" sagte sie. „Was kriag mr denn?"

„Grieß Good!" sagte auch der Schulbub Anton Zäpfle. Und dann zog er einen Zettel aus der Hosentasche und las vor: „1 Pfund Linsen, 1½ Pfund Zucker, 2 Zitronen, 2 Salzheringe, 2 Pfund Mehl, 1 Vanillepulver, 1 Paket Kunsthonig, 1 Paar braune Schuhbändel, 1 Glas Senf, 1 Backpulver, 1 Dose schwarze Schuhkrem, 1 Muskatnuß, 1 Pfund Schmierseife . . ."

Da machte die Ladenglocke wieder „Klingeling!" und meldete:
„'s is wieder jemand do!"
Diesmal war es die alte Frau Zuntenklopf, die ihren mausgrauen Kopf weit nach vorne gebeugt trug, aber eine Stimme hatte wie ein königlich-bayerischer Feldwebel, wenn er auf dem Exerzierplatz seinen Soldaten befahl:
„Still-ge-staaaaan-den!"
Die Zuntenklopf sagte:
„I brauchet schnell zwoi Oir, weil dia hab i vergessa und mei Ma' kommt glei und mecht sein Eierhaber haba!" Sie rieb die Hände an ihrer Schürze ab und sagte zum kleinen Anton:
„Gell, Buale, losch mi vor. Mir pressierts!"
Und dann verlangte sie noch eine Flasche Spiritus, ein Tütlein Pfeffer, einen Putzlumpen und – „Jesses, fast hätt i's ver-

gessa!" – vier Pfund Kartof-
feln.

Da bimmelte die Ladenglocke
aufs neue und meldete einen
dicken Herrn. Es war der Vertreter Siegfried Wargelmann,
der in den Laden hineinröhrte,
daß die Gläser in den Regalen
klirrten: „Brauch mer heit
was? Soif? Waschflocken? Ha-
ferflocken hätt i. Erbsen? Boh-
nen? Oder schöne Gummibän-
der für Unterhosa?"
„Jetzt gehen S' aber", sagte die
Zuntenklopf empört. „Sie mit
Ihre Witzla!" Aber man sah es
ihr an, daß sie in Wirklichkeit
ganz lustig war, und auch die
Emma Dipfele war lustig, obwohl sie „tz-tz-tz!" machte.
„Ja, dia Männer!" sagte die
Zuntenklopf und schob ihr ge-
kauftes Zeug auf dem Ladentisch zusammen. Sie hielt die
Schürze hoch und ließ alles
hineinfallen. „Also dann heit
net" röhrte der Vertreter Wargelmann." 's nächschte Mol
vielleicht!" Und ließ aus seiner
Zigarre eine große Wolke heraus. Wie sie verschwunden
war, war auch er verschwunden
und die Zuntenklopf auch, und
der kleine Anton machte den
Mund auf...
Bevor er aber etwas herauslas-
sen konnte, machte die Ladenglocke wieder „Klingeling!",
und es erschien die Frau Amt-

Tante-Emma-Laden in der Heilig-Kreuz-Straße

mann Weichvogel. „Mei",
sagte sie, „heitzetag. Wissen
S', der Obermeier, meiomeio-
mei..." Da horchte die Emma
Dipfele und auch der Anton
horchte. Es mußte was Großes
sein, dachte er, mit dem Obermeier, weil die Weichvogel
jetzt ganz nah an den Ladentisch trat und der Dipfele ins
Ohr flüsterte, damit es der An-

ton nicht verstand. Aber der
verstand ganz deutlich wie die
Weichvogel zischelte: „Dem
Obermeier sei Klara isch im
vierta Monat! Ledig!" Und
laut fügte sie hinzu, während
sie an ihrem Geldbeutel ne-
stelte: „Das oinzüge Künd!
Ond dann des!"
Der kleine Anton Zäpfle
wurde unruhig. Einmal, weil

er auch noch drei Stück Johannisbrot wollte und Sennesblätter gegen Verstopfung für seine Großmutter und außerdem nicht wußte, was das war: „Im vierta Monat! Ledig!" Aber die Weichvogel sagte: „Glei bin i fertig, Buale!" Und kaufte noch ein Glas Stachelbeermarmelade, zwei Pfund Sauerkraut, eine G'stattel Nelken und einen Liter Essig, einen halben Liter Salatöl und „a Tabäkle fürn Ma'!". Dann stopfte sie alles in ihre Einkaufstasche und sagte: „Ein stattlicher Herr is er ja, der Inspektor Obermeier. Und eine gute Stellung hat er. Jesses, Jesses, und jetzt des!"

„An Kandiszucker kriag i no", sagte der kleine Anton. „Ja mei, Buale", staunte die Emma Dipfele, „du bisch ja immer no do! Warum sagsch denn nix? Du muasch di doch rühra!" Sie hob den Deckel von einem großen Glas und angelte mit Daumen und Zeigefinger fünf Brocken Kandiszucker heraus. Dem Anton lief das Wasser im Munde zusammen. Er stellte sich vor, wie er auf dem Heimweg den größten zusammenkauen würde, samt den dünnen Stricken, die die einzelnen Kandiszuckerbröcklein zusammenhielten.

Da klingelte die Ladenglocke wieder, und die Frau Pfefferle trat ein. „Weil i grad vorbeikomm", sagte sie. „A Schächtele Zündhölzer hätt i gern!" Dann erzählte sie, daß das Wetter anders werde. Ihr Mann habe wieder sein Reißen und sie habe es im Kopf. „Einen Druck! Einen Druck! Und die Hühneraugen, mei, i ka's koim verzähla, es is greislich..." Sie ging aber gleich und rief im Gehen: „Schreiben S' es auf. I zahls mit'm andera!" Der kleine Anton konnte endlich den Rest seiner Bestellung vom Zettel ablesen, den ihm seine Mutter mitgegeben hatte. „Sagsch an Gruaß dahoim!", sagte die Emma Dipfele, während sie mit dem Bleistift alles auf der Zuckertüte zusammenrechnete und die Rabattmarken abzählte. Und dann tat sie, worauf der Anton die ganze Zeit gewartet hatte: Sie hob den Deckel von einem Bonbonglas, in dem lauter rosarote und weiße Pfefferminzkissen lagen, und schenkte ihm vier Stück. Der kleine Anton war selig. Nicht alle Tage machte er einen so großen Profit. Wo gibt es in Augsburg heute noch so einen „Tante-Emma-Laden"? Wo man entweder drei Stufen vor der Ladentüre hinauf- oder drei nach ihr hinuntersteigen muß? Wo kleine Kinder Pfefferminzkissen bekommen? Leute, wie die Frau Zuntenklopf sich vordrängeln dürfen? Vertreter wie der Wargelmann Zigarren rauchen, eine Frau Weichvogel eine wichtige Nachricht loswerden und die Frau Pfefferle anschreiben lassen kann? Und wo die Ladenglocke bimmelt: „Hallo, do isch wieder oiner!"? Ein paar sind noch da. Aber wo? Das soll nicht verraten werden. Sonst geht es ihnen ähnlich wie den letzten Störchen. Gleich kommen ein paar Geldleute, nehmen den elektronischen Taschenrechner und rechnen aus, wieviel Umsatz pro Quadratmeter ein Supermarkt brächte. Es ist natürlich viel mehr als was der „Tante-Emma-Laden" bringt. Eine entwässerte Wiese und ein einbetonierter Bach bringen ja auch mehr fette Gräser und weniger Unkraut als eine feuchte Wiese mit einem Bach, der frank und frei durch die Welt läuft als gehöre sie ihm. Aber die altmodische Wiese schenkt den Menschen Blumen und den Störchen Frösche. Und der „Tante-Emma-Laden" den Kindern Bonbons und den großen Leuten ein bißchen Herz. Muß das alles einbetoniert werden?

Das Fischertor mit Blick in die Frauentorstraße

Tore
an allen Ecken
und Enden

Rolf Biedermann

Augsburgs geographische Lage an der Grenze zwischen Bayern und Schwaben sowie seine enge Verflechtung mit dem Kaiserhaus durch den Reichsstadt-Status machten die Stadt schon von früh an zum politischen Spielball. Für die bayerischen Herzöge war sie ein ungemein wichtiger Brückenkopf an ihrer Westgrenze, für den Kaiser ein strategischer Stützpunkt während seiner zahlreichen Kriege gegen Bayern und Frankreich. In dieser Situation mit häufigen Bedrohungen und Belagerungen versuchten sich die Augsburger Bürger mit widerstandsfähigen Wallanlagen zu schützen, wobei ihnen nicht allein die Wehrhaftigkeit, sondern auch die Schönheit ein

Anliegen war. Wie Paul von Stetten in seinen „historischen Briefen an ein Frauenzimmer" schreibt, war es die Obrigkeit, die am meisten zur Verschönerung der Stadt beigetragen hat, denn viele der großen Kunstliebhaber „saßen im Rat und in wichtigen Ämtern und waren darauf bedacht, die Stadt selbst mit kunstreichen Gebäuden, Bildnußen (= Skulpturen) und Gemählden auszuzieren". Heute ist das leider anders.

Zu den besonders „kunstreichen Gebäuden" gehörten auch die Stadttore. Die drei inneren, Barfüßer-, Frauen- und Hl. Kreuz-Tor, wurden im 17. Jahrhundert mit ausschwingenden Ziergiebeln und Fresken geschmückt. Die äußeren Tore gaben sich zwar als wehrhafte Bollwerke, zählten jedoch auf Grund ihrer architektonischen Feinheiten zu den „vielberühmten Merkwürdigkeiten" (= des Merkens würdig). Architektonisch besonders herausgehoben waren die vier Haupttore: das Göggingertor im Westen, das Wertachbruckertor im Norden, das Jakobertor im Osten und das Rote Tor im Süden.

Um die Schutzfunktion der Tore voll erfüllen zu können, hatte der Rat der Stadt eine „Öffnungs- und Sperr-Ordnung" erstellt, die auf die jeweilige Jahreszeit abgestimmt war. So blieben die Tore in den dunklen Wintermonaten nur von 7.30 bis 16.30 Uhr geöffnet, im Sommer dagegen von 3.30 bis 20.30 Uhr. Ausgenommen von dieser Regelung blieb das Göggingertor, das am heutigen Königsplatz stand und ähnlich wie das Rote Tor mit breiten Mauerbändern gestaltet war. Es blieb bis zu zwei Stunden länger geöffnet. Allerdings mußte der Reisende zur Nachöffnungszeit – ganz gleich ob er in die Stadt hinein oder heraus wollte – pro Person und Pferd vier Kreuzer zahlen und seinen Namen hinterlegen. Für das Öffnen und Schließen hatten sich die Torwächter nach der Uhr des Perlachs „fleißig zu richten".

Das Wertachbruckertor zählte zu den architektonisch schönsten Toren. Von ihm aus führte die Straße über Oberhausen nach Ulm und weiter nach Frankreich und die Niederlande. Über seinem spätmittelalterlichen Unterbau erheben sich die von Elias Holl 1605 aufgesetzten beiden Obergeschoße, die von achteckigem Grundriß nahezu unmerklich ins Rund übergeführt sind, wobei die eckig gemauerten Pilaster den Übergang stark ver-

stellen. Die breiten, horizontalen Mauerbänder betonen den Eindruck des In-sich-Geschlossenen. Hinter den größeren Rundbogenfenstern standen einst vermutlich leichte Geschütze. Gegen den kraftvollen Turmkörper wirkt die elegante Laterne aus Kupfer mit ihrer konkav geschweiften Spitze wie ein keckes Capriccio, verspielt und alles andere als wehrhaft.

Natürlich haben auch schon würdige Häupter das Tor gesehen: 1829 wurde es von König Ludwig I. bewundert und als Napoleon 1805 zum erstenmal nach Augsburg kam, durchfuhr er es auf seinem Weg in die Stadt. Er nahm Quartier in der bischöflichen Residenz und soll sich beim Empfang des Magistrats über das schlechte Straßenpflaster beschwert haben. Allerdings war dies nicht der Grund für den bald darauf folgenden Verlust der Reichsfreiheit. Auf diesen Einzug durch das Wertachbruckertor bezieht sich ein Relief an der „Colonne de la grande Armée" auf dem Place Vendôme in Paris, allerdings ist die Gestalt des Tores bis zur Unkenntlichkeit vereinfacht.

Etwas östlich vom Wertachbruckertor stand einst das Fischertor, ein kleines Nebentor, durch das man in die Fischervorstadt am Senkelbach gelangte. Die Fischer waren als sozial schwache Schicht vor den Toren der Stadt auf Höhe des heutigen Pfannenstiels angesiedelt. 1609 wurde der mittelalterliche Torturm von Elias Holl um zwei Stockwerke erhöht und erhielt eine Brücke über den Stadtgraben. Mit seinem quadratischen Grundriß, dem hohen Untergeschoß aus glattem Ziegelmauerwerk, dem Obergeschoß mit abgeschrägten Ecken und dem Zeltdach mit Laterne glich es dem Stephinger- und Klinkertor. Leider war ihm – wie auch den beiden anderen – das Schicksal nicht gerade wohlgesonnen. Im Spanischen Erbfolgekrieg wurde das Fischertor 1703 von den Bayern und Franzosen zerschossen, so daß wir sein einstiges Aussehen nur noch von alten Kupferstichen her kennen. Nach der Zerstörung trug man den Turm ab und vermauerte den Durchgang. Auf Bitten auswärtiger Bauern ließ ihn die Stadt 1709 wieder aufbrechen und das stehengebliebene Untergeschoß durch ein Dach abdecken. Als dann nach der Jahrhundertmitte der Durchgangsverkehr nur noch spärlich floß, entschied sich der Magistrat zum erneuten

Das Wertachbruckertor

Zumauern. Wann die letzten Reste beseitigt wurden, ist ungewiß. Fest steht, daß das heutige Fischertor seine Gestalt 1924/25 vom damaligen Stadtbaurat Otto Holzer erhielt.

Im Schatten des Domes

Elisabeth Emmerich

Die Augsburger Domsingknaben intonieren: „Maria Maienkönigin, wir kommen, dich zu grüßen, o holde Freudenspenderin, sieh uns zu deinen Füßen..." Nirgends ist die Maiandacht festlicher als im Hohen Dom. Die Hortensien blühen blau wie die lichte Himmelsau zu Füßen der Gottesmutter. Die Kommunionkinder ziehen ein. Sie sehen aus, als seien sie auf dem direkten Weg zur Heiligkeit. Die Matres vom Englischen Institut umschweben den Zug auf Zehenspitzen, immer besorgt, daß ihnen auch nicht der kleinste Fleck auf der makellosen Aufführung ihrer Schutzbefohlenen auskommt. Kränzchen im Haar und Sträuße in der Hand haben auch die Kleinen, die noch an Mutters Hand in die Kirche kommen. Die Maiandacht im Hohen Dom wird später zu den schönen Kindheitserinnerungen gehören. Selbst wenn man die Weihrauchwolken schlecht vertragen hat, war es schön. Die Matres waren dann auch gar nicht mehr streng zu einem, sondern auf einmal sehr mütterlich. Man genoß es förmlich, daß einem schlecht war, unter ihrer Obhut.

Der Hohe Dom ist eine Marienkirche. „Tausend Bilder", von denen ein anderes Marienlied singt, sind es gerade nicht, aber viel mehr als hundert schon, welche die Patronin der Kathedrale darstellen. Diese ist sogar eine der ältesten Marienkirchen Bayerns. An ihr haben Jahrhunderte gebaut. Man sieht es noch deutlich, daß die Kirche ursprünglich nur aus dem langgestreckten Westteil bestanden hat, der mit den Türmen abgeschlossen war. Dieser älteste Teil, der erhalten ist, stammt aus der Zeit um das Jahr 1000. Aber er ist auch schon der Nachfahre eines Vorläufers, der 807 von Bischof Simpert geweiht worden war und 994 einstürzte. Das Hauptportal der Kirche lag damals wohl zwischen den Türmen. Die Straße mußte am Dom vorbei noch keinen Bogen machen. Das wurde erst nötig, als man zwischen 1365 und 1431 den gotischen Hochchor erbaute, der die übrige Kirche weit überragt. Von ihm hat der Hohe Dom seine eingebürgerte Bezeichnung, und natürlich auch von der uralten römischen Straße, der Via Claudia, die im Mittelalter Hoher Weg hieß und seit dem Ende des Zweiten Weltkrieges nun wieder ein Stück weit so heißt. Zunächst allerdings hat der Magistrat der Freien

Reichsstadt Augsburg die große Kurve der Straße rund um den neuen gotischen Hochchor als Zumutung empfunden. Er verlangte, daß die Straße mitten zwischen den beiden Teilen der Kirche durchführte. Und er setzte sich durch. Lange Zeit ging dann auch der Verkehr zu Wagen und zu Pferd durch die Kirche. Der Fußgängerverkehr tut es zum Teil ja heute noch. Das ist keine Pietätlosigkeit und auch nicht nur praktisch. Man macht auf diese Weise dem Dom einen Besuch und betrachtet den einen oder anderen seiner vielen Schätze. Es ist kein Zufall, daß unsere Sprache das Wort Betrachtung sowohl für Anschauen als auch für gesammeltes Beten vor einem Bild oder Gegenstand verwendet.

Die großen Domportale sind nicht nur zum Durchgehen, sondern zur Betrachtung gemacht. Das ehrwürdigste ist die Bronzetür am südlichen Mittelportal. Die beiden Türflügel mit alttestamentarischen Szenen und schwer deutbaren anderen Figuren stammen aus dem 11. Jahrhundert. Durch dieses Tor geht man nur zu ganz besonderen Anlässen. Ansonsten ist die Tür nur zur Betrachtung da. Anders das große Südportal und sein Ge-

Im Seitenschiff des Doms

Die Peutingerstraße im Domviertel

genstück auf der Nordseite des Hochchores. Hier verweilt man, um sich für das Betreten der Kirche zu sammeln. Am Südportal spielt sich ein ganzes Marienleben ab. Die Kunstgeschichte stuft dieses Portal als ein wichtiges Zeugnis deutscher Bildhauerkunst des 14. Jahrhunderts ein. In neuester Zeit ist es leider auch ein besonderes Sorgenkind der Denkmalpflege geworden. Der „saure Regen" hat Gesichter entstellt und zum Gebet erhobene Hände verstümmelt. Nach fünfjähriger mühevoller Arbeit der Restauratoren sind Apostel, Heilige, Propheten und die berühmte Schutzmantelmadonna mit Ritter, König, Papst und Landmann äußerlich wieder intakt. Aber niemand weiß, wie lange das vorhält.

Denn unter dem glatten Ergebnis kunstvoller Steinkosmetik sind die Figuren weiter krank. Man wird demnächst in eine Litanei die Bitte um Verschonung vor dem langsamen Tod, der durch die Luft kommt, einfügen müssen.

Der gesamte Dombezirk ist ältester Boden. Er liegt auf dem südlichsten Zipfel der ehemaligen Römerstadt. Schon

Augusta Vindelicum dürfte hier einen Schwerpunkt gehabt haben. Vielleicht war hier das römische Forum. In den dreißiger Jahren unseres Jahrhunderts hat man die Fundamente eines römischen Hauses ausgegraben. Sie lagen unter der alten Johanniskirche an der Südseite des Fronhofes und enthielten eine frühchristliche Taufstätte. Dorthin kann man hinuntersteigen. Quer dazu steht die Römermauer – eine Art Freilichtmuseum. Dort sind Kapitelle, Tafeln mit antiken Inschriften, eine antike Sarkophagplatte und anderes angebracht, einige Säulenstümpfe stehen davor. Das erste Kapitel der Augsburger Stadtgeschichte ist auf dem Platz, wo die Historiker das Zentrum der römischen Stadt vermuten, für alle sichtbar und zugänglich ausgestellt.

Die Anlieger waren sich dieser Vergangenheit des Fronhofs auch früher schon bewußt. Der gelehrte Conrad Peutinger, Stadtschreiber, Humanist und persönlicher Freund des Kaisers Maximilian I., von dem noch an anderer Stelle dieses Buches die Rede ist, baute in sein Haus antike Steine ein. Das Haus hat heute die Hausnummer Peutingerstraße 11. Die Reste seiner antiken Stein-

Der Augsburger Dom

45

sammlung kann man noch in der Tordurchfahrt sehen. Im Hause Peutinger wurden die alten Römer sogar in der Kinderstube lebendig. Berühmt ist die Geschichte von Conrads Töchterchen Juliana. Es soll den besagten Kaiser Maximilian bei einem offiziellen Besuch in der Stadt in aller Öffentlichkeit auf dem Fronhof mit einem lateinischen Gedicht begrüßt haben. Die kleine Dame soll damals drei Jahre alt gewesen sein.

Auf dem Fronhof gab es für die Bevölkerung der Stadt immer viel zu sehen. Wo zu ganz früher Zeit den Göttern Merkur, Mars und Venus Altäre geweiht waren, befand sich später die „Domfreyung", ein Platz, auf dem der Bischof Hausrecht behielt, auch als er die Herrschaftsrechte über die Stadt längst verloren hatte. 1276 war es endgültig aus damit gewesen, als der Kaiser das Stadtrecht bestätigte, nach langen und häufig blutigen Kämpfen zwischen Bischof und aufstrebenden Bürgern.

Im Westteil des Fronhofs fanden die großen Turniere statt. Das lebenslustige Augsburger Volk feierte dort auch Johannisnacht und Fasching. Vom Balkon der fürstbischöflichen Residenz segnete Papst Pius VI. am 6. Mai 1782 die Menge. Der Heilige Vater soll bei seiner Ankunft in Augsburg ausgesprochen schlechter Laune gewesen sein, weil sein Besuch bei Kaiser Joseph II. nicht nach Wunsch gelaufen war. Den Geist des reichsstädtischen Rokoko, damals als „Augsburger Geschmack" ein Begriff in der Kunst- und Modewelt Europas, atmen noch einige Bürgerhäuser am Rande des Fronhofs. Sie haben zwei Straßenfassaden, eine zur Peutigerstraße, die andere zum Straßenpflaster am Rand des grünen Parks, den der Westteil des Fronhofs heute darstellt.

Der Held mit dem Brotlaib

Winfried Striebel

Der vermeintlich vergessene Held fristet sein Dasein als Denkmal in einer Nische der Schwedenmauer. Man begegnet ihm eher zufällig als daß man zwangsläufig auf ihn stieße. Dies hat weniger mit seiner mangelnden Popularität denn mit dem versteckten Standort zu tun. Doch justament da, wo ihn die Augsburger plaziert haben, gehört er historisch gesehen hin. Die Legende weiß nämlich, daß der Stoinige Ma, dessen originelles Standbild hier steht, auf der Stadtmauer seiner Vaterstadt jenen großen Dienst erwiesen hat, der ihm bis zum heutigen Tag den Ruf eines Retters von Augsburg bewahrt hat.

Das ist nun 350 Jahre her und bleibt doch unvergessen. Mögens die Schweden oder die Kaiserlichen gewesen sein – Verbindliches steht nirgendwo zu lesen – fest steht, daß Feinde in dieser Zeit die Stadt belagerten. Und so beharrlich dazu, daß große Not herrschte. Der Hunger wurde zum stärksten Verbündeten des fremden Heeres und drohte die tapferen Verteidiger aufzuzehren. Da ersann ein braver Mann und Bürger, der Bäckermeister Konrad Hackher, eine List, die ihn zwar das Leben kostete, gleichzeitig für die Nachwelt aber unsterblich machte. Die ebenso mutige wie schlaue Tat des selbstlosen Bäckers bedeutete für die Stadt tatsächlich die Rettung.

Konrad Hackhers Einfall war so einfach wie genial. Er kratzte das letzte Stäublein Mehl zusammen, buk einen handlichen Brotlaib daraus und schleuderte diesen, wenngleich ganz Augsburg ohne Nahrung war, von der Höhe der Stadtmauer aus mit mächtigem Schwung den Feinden vor die Füße. Die, selbst arg vom Hunger geplagt, packten den Laib, rissen sich um eine gerechte Verteilung und flüchteten Hals über Kopf über den Lech in die Wälder. Belagerte, die so im Überfluß lebten, daß sie in Zeiten höchster Not das beste Brot über die Mauern warfen, das mußten unbezwingliche Gegner sein. Das Hohngelächter des Konrad Hackher mag ihnen dabei böse in den Ohren geklungen haben! Und so feuerten sie mehr aus Verzweiflung und ohnmächtiger Wut noch eine Kugel auf den Bäcker ab. Die traf. Und so kam es, daß der Bürger Hackher seinen rechten Arm und in Folge eintretenden Wundfiebers schließlich sein Leben verlor.

An der Schwedenstiege

Jetzt hatte Augsburg seinen Helden, dem es galt ein Denkmal zu setzen. Die dankbaren Bewohner der Stadt ließen das lebensgroße Abbild des Wohltäters samt Brotlaib in Stein hauen und überlieferten es der Nachwelt zu Ruhm und Ehren. Konrad Hackhers Name mag in Vergessenheit geraten sein – als Stoiniger Ma ist er in die Geschichte eingegangen wie die Größten dieser Stadt. Und wenn er als Held nicht auf dem Sockel steht, sondern der „Mensch" zum Anfassen geblieben ist, beweist dies, daß er im Bewußtsein der Augsburger über die Jahrhunderte hinweg seinen Platz wie eh und je behalten hat. Nicht umsonst ranken sich um den Legendären Legenden. Seine Nase anzufassen, gilt bis zum heutigen Tag als Garantie für Glück. Verliebte, behauptet der Volksmund, blieben in ewiger Glückseligkeit verbunden, hätten sie dem Stoinigen erst richtig ins Gesicht gegriffen. Ob

der Konrad Hackher, einst-
mals aus dem mittelschwäbi-
schen Tussenhausen gekom-
men, deshalb ein so gesuchter
Mann ist oder ob seine heimlichen Besucher nur das ver-
steckte lauschige Plätzchen
hinter der Schwedenmauer
schätzen, wer weiß. Immerhin
haben überzeugte Schüler erst
im letzten Jahr den Stoinige
Ma in seiner Nische so zurecht-
gestellt, daß nunmehr mühelos
jedermann den Glücksgriff zur
Nase des Erfolgverheißenden
tun kann.

Seine Standhaftigkeit demon-
strierte der Stoinige Ma ein-
drucksvoll auch während des
Zweiten Weltkrieges, den er
im Bombenhagel überstand.
Damals zierte er noch die Ecke
des Hauses Pulvergäßchen/Un-
terer Graben. Das Gebäude
wurde getroffen und sank in
Schutt und Asche, allein markiert noch vom ruß- und rauch-
geschwärzten Ebenbild des
kriegserprobten Konrad Hackher. Der hatte von nun an freilich keine Heimat mehr. Erst
nach dem Krieg wurde ihm das
Plätzchen an der Stadtmauer
reserviert, von deren Mauer-
krone aus er anno 1635 so uner-
schrocken ins kriegerische Geschehen eingegriffen haben
soll. Versuche, das steinerne
Standbild des Stadt-Erretters

Der Stoinige Ma an der Schwedenmauer

49

unübersehbar in Augsburgs Mitte zu plazieren, kamen übers Diskussions-Stadium bislang nicht hinaus. Ganz gut vielleicht, wenn man dem schwäbischen Bäckermeister auch fürderhin seine Bescheidenheit und seinen Freunden die Freude des Suchens läßt. Wie sich Schwäbisches überhaupt eher versteckt denn protzig präsentiert, mag sich der Mann im Schatten der Schwedenmauer wohler fühlen als im Trubel der Stadt. Und von hier aus kann er, sollte es ihn gelüsten, im Schutz der Dunkelheit auch einmal heimlich die paar Schritte über die nahe Schwedenstiege hinunter zu seinem alten Standplatz am Pulvergäßchen stapfen. Vorausgesetzt, er wäre listig genug, eine Bresche in die Reihen der „Belagerer" zu schlagen, die heute als Blechkarossen den Unteren Graben blockieren. Und würde den Stoinigen Ma einer seiner Ausflüge zur Fasnachtszeit gar in die Kongreßhalle führen; er hätte seine helle Freude daran zu erfahren, wie er als Held und Original im Geist der Augsburger fortlebt. Alljährlich tritt dort zum Gaudium der Gäste nämlich ein leibhaftiger Nachfahr' des Stoinige Ma auf die Bühne und schleudert seine schwäbisch gereimten Bosheiten über Politiker ins Publikum wie weiland der Konrad Hackher seinen allerletzten Brotlaib in die Phalanx der Belagerer.

Du bist mein, ich bin dein...

Benno Plabst

Alte Häuser haben ein Herz, neue Häuser oft nicht einmal ein Gesicht. Deswegen lieben die Augsburger ihre alten Häuser. Sie glauben, wenn einmal die alten Häuser stürben, stürbe die ganze Stadt. Nur mehr der Name Augsburg bliebe übrig und ein paar Daten in der Bibliothek, die man elektronisch abrufen kann. Es gibt große und kleine alte Häuser, Villen und Paläste. Doch die ganz kleinen sind die Kleinode, mit denen sich die Stadt schmückte wie seinerzeit die Fugger und Welser mit einem kostbaren Ring an der Hand: Die Gartenpavillons! Früher trug die alte Augusta viele solcher Schmuckstücke. Es gab Gartenhäuser die Hülle und Fülle. Heute? Heute sind es nur mehr wenige.
Die alten Gartenhäuser waren richtige kleine Lustschlößchen. Die Leute, die in dem großen Haus nahe dabei wohnten, zogen sich ins Gartenhaus zurück, wenn sie glücklich sein wollten. Dort konnten sie sich fühlen wie Könige. Und die

Gartenpavillon in der Heilig-Kreuz-Straße

Im Garten des Hohenleitnerhauses am Dom

Gartenhäuser waren zuweilen auch königlich ausstaffiert. Die Wände waren bemalt. Aus Stein gehauene Figuren standen diskret herum und machten die Augen zu, wenn es die Courtoisie erforderte. Schmiedeeiserne Gitter hielten ungebetene Gäste fern. Und um alles herum standen Buchenbäume oder Kastanien, Fliederbüsche, Rosenhecken und tausend Blumen, weil ein Gartenhaus, so schmuck es selbst auch war, ohne Schmuck der Natur niemals ausgekommen wäre. Manchmal gab es sogar Streit: Wer schmückt wen? Der Garten das Haus? Oder das Haus den Garten. In manchen Gartenhäuschen ging es recht herzhaft zu. Es wurde gegessen und getrunken, gelacht und getanzt – denn sogar Musikanten kamen und fidelten und bliesen –, und mancher Dichter wäre ohne Gartenhaus nur halb so berühmt geworden. Das Gartenhaus gab ihm Gelegenheit, sein Werk aus der Taufe zu heben. Und dann wurde Konversation gemacht. Wer einen schönen Gartenpavillon hatte, sprach nämlich nicht wie das die Bäcker und Schuster, die Schneider und Schäffler miteinander taten. Er machte Konversation. Das ist schon ein großer Unterschied. Auch heute noch gibt es Leute, die Konversation machen. Nur das alte Gartenhaus fehlt ihnen. Aber man kann es sich dazudenken.

Ein Gartenhaus verlangt nämlich Phantasie. Das war schon damals so, als es ungezählte von ihnen in der Stadt gab. Diese Phantasie brachten vor allem die jungen Herren auf. Sie kamen ins Gartenhaus – am allerliebsten, wenn niemand da war. Außer der Allerliebsten.

Ein Gartenhaus eignete sich für Treueschwüre viel besser als heute beispielsweise ein Aufzug im Hochhaus, der gerade in den achten Stock fährt. Ins Gartenhaus schien noch der Mond herein. Und jeder, der einmal verliebt war, Männlein oder Weiblein, weiß, daß der Mond mit seinem silbernen Licht viel vermag. Und obwohl es im Gartenhaus keine Knöpfe gab wie in einem Hochhausaufzug, hatten die jungen Leute genug zum Drücken. Sang dann gar noch eine Nachtigall, wie man sie heute auf Schallplatten hören kann, und standen einige Sternlein am Himmel, dann konnte es schon sein, daß er zu ihr sagte:

„Du bist mein, ich bin dein,
Des sollst du gewiß sein.
Du bist verschlossen
In meinem Herzen,
Verloren ist das Schlüsselein:
Du mußt immer drinnen sein."

Wenn er ganz kühn war, wartete der junge Herr den ersten Sonnenstrahl ab (was man damals Aurora oder Morgenröte nannte) und schrieb – an seine Liebste denkend, die bereits unter Daunen schlummerte – dieses Minnelied aus dem 12. Jahrhundert an die Wand des Pavillons. So altmodisch waren die Leute schon damals, wenn die Liebe im Gartenhaus sie angetippt hatte. Und wenn der Vater nicht unvorhergesehen dazwischen kam und den Knüppel schwang, der damals auch dicker war und bedeutungsvoller als heute.

Ob Mozart sein Bäsle-Häsle auch einmal in einem Augsburger Gartenhaus getroffen hat? Irgendwo muß er es getroffen haben. Aufzug gab es damals ja noch keinen. Und nachts war es so schrecklich dunkel in der Stadt. Es fehlte an Lampen und Autoscheinwerfern. Ein Gartenhaus war da gerade das rechte. Vielleicht mit ein paar Glühwürmchen erleuchtet? Falls das Mondlicht nicht ausreichte? Was der Wolfgang dann dem Bäsle-Häsle gesagt hat, bleibt der Phantasie des Lesers überlassen. Mozart hatte als Komponist ja auch Phantasie. Und eine Courage hatte er, was sich aus seinen Briefen schließen läßt, die man, obwohl er das Bäsle sicherlich fest an sich „gedruckt" hat, nicht ohne weiteres drucken kann.

Die alten Gartenhäuser leben heute meistens nur noch vom Ruhme der Vergangenheit. Und von ihrem verklärenden Glanz. Es geht mit ihnen wie es nach Abschaffung der Monarchie mit manchem alten Grafen ging: Abwärts.

Die Eleganz von einst verblich und verbleicht. Wo früher der zarte Fuß eines züchtigen Fräuleins trippelte und die Sporen eines Offiziers das Stuhlbein scharrten, stehen heute – jaja, es ist schon so! – manchmal bloß alte Abfallkübel, leere Fensterrahmen, Gießkanne und Rechen herum. Wo sich einmal die feine Augsburger Gesellschaft ergötzte, ist heute der „Kruscht" eingezogen. Doch es geschehen auch in Augsburg noch Wunder. Ab und zu kommt ein Mensch, der ein Herz hat, restauriert das alte Gartenhaus und gibt so auch ihm sein Herz wieder zurück. Ein Geld muß er natürlich auch haben. Denn ohne Geld schlagen die Herzen heutzutage nirgendwo. Nicht einmal in Augsburg.

Im Seysselschen Park in Göggingen

Abgebrochenes und Zerstörtes

Rolf Biedermann

Wenn man meint, die Augsburger Stadtbauräte der Nachkriegszeit seien die unübertroffenen Meister im raschen Umgang mit der Spitzhacke gewesen, so irrt man. Zwar haben sie mit ihrem heißgeliebten Spielchen „Häusle abreißen" manches unersetzliche Baudenkmal für immer beseitigt, doch einmalig waren sie leider nicht. Ihre Amtsvorgänger aus dem 19. Jahrhundert waren im „Entmittelaltern" unserer schönen Stadt nicht weniger tatkräftig. Was in Augsburg allein zwischen 1800 und 1900 abgerissen wurde, hätte für ein zweites Rothenburg spielend ausgereicht – und gewiß nicht auf niederer Qualitätsstufe. Der erste schwerwiegende Eingriff geschah 1809 mit dem Abbruch des Siegelhauses, nachdem die Stadt ihre Reichsfreiheit verloren hatte und ihr in der Hallstraße ein königlich-bayerisches Zollgebäude verordnet wurde. Vermutlich aus Gründen einer besseren Verkehrsführung fiel das Siegelhaus, das auf Höhe der Hallstraße in der Maximilianstraße stand. Joseph Heintz, der Kammermaler Kaiser Rudolfs II., hatte es entworfen und Elias Holl ab 1604 nach dessen Plänen ausgeführt. Dieser Bau war in seiner architekturgeschichtlichen Bedeutung dem Zeughaus und der Stadtmetzg durchaus gleichgewichtig. Mit seiner ausgewogenen Fassadengliederung bildete er einen würdevollen Hintergrund für den Herkulesbrunnen und übernahm zugleich die Riegelfunktion für einen der reizvollsten Plätze Augsburgs: den Weinmarkt, der sich vom Siegelhaus bis zum Moritzplatz erstreckte.

Eines der schönsten Patrizierhäuser war das mittelalterliche Imhofhaus am Obstmarkt, das mit seiner Zinnenbekrönung an oberitalienische Stadtpaläste erinnerte. Es mußte 1863 dem aufwendigen Neubau des Bronzewarenhändlers Ludwig A. Riedinger weichen, das dieser mit Sandsteinquadern ausführen ließ, einen für Augsburg völlig fremden Werkstoff. Das alte Imhofhaus hatte einen schönen, romantisch-verwilderten Innenhof besessen, der für die Augsburger Maler ein gesuchtes Motiv gewesen ist. Ihn ersetzte im Riedingerhaus ein mit Glas überdachter Lichthof, von zweigeschossigen Säulenarkaden gesäumt, in dessen grün bepflanzter Mitte ein Springbrunnen mit ausladender Germania-Figur sprudelte. Tradition und Würde wurden hier von neuzeitlichem Pomp

Eine Galerie vergangener Schönheit...

verdrängt. Geblieben ist heute an dieser Stelle der unsäglich traurige Bau des Stadtwerkehauses.

In den gleichen sechziger Jahren des vorigen Jahrhunderts wurden auch die Wallanlagen größtenteils geschleift. Die ehemalige Kunststadt sollte zu einer modernen Industriestadt umgeplant werden. Industrieansiedlungen größeren Ausmaßes waren nur außerhalb der mittelalterlichen Stadtmauern möglich und so beschloß man, zur nahtloseren Einbindung der neu entstandenen Wohn- und Industriege-

Wie's einmal war: der Alte Einlaß

biete die Schleifung der Wall-anlagen und – um den zu erwartenden Verkehr nicht Geschwindigkeit zu nehmen – die Zerstörung der Stadttore. Von den elf Toren des äußeren Mauerringes überlebten vier, von den drei Innentoren, Barfüßer-, Frauen- und Hl. Kreuztor, keines. Daß die Neuplaner dabei durchaus nicht immer im Sinne der Augsburger Bürger handelten, zeigte sich beim letzten Streich, beim Abriß des Frauentores 1885, der unter heftigem Protest der Bürger vollzogen wurde. Doch Bürgermeinung gegen Magistrats-

Der Ludwigsbau im Wittelsbacher Park

beschluß – da stand der Sieger von vornherein fest. Uns bleibt heute nur, zu konstatieren, daß alle Tore künstlerisch bemerkenswerte Bauten gewesen sind, daß Elias Holl nicht weniger als acht von ihnen umgebaut, geschönt oder teilerneuert hat und daß die Innentore teilweise mit Fassadenmalereien namhafter Künstler geschmückt waren. Unter den Außentoren war der Alte Einlaß ein besonderes Bravourstück der Mechanik. Auf Höhe des heutigen Stadttheaters gelegen, einst für Kaiser Maximilians nächtliche Jagdheimkünfte erbaut, ließ er sich auch nachts durch Münzeinwurf automatisch öffnen. Der französische Schriftsteller Michel de Montaigne, sonst eher ein Skeptiker, hat ihn nach seinem Augsburg-Besuch 1580 in den höchsten Tönen als technisches Wunderwerk gepriesen. Auch für Königin Elisabeth I. von England war dieses Automatenschloß von großem Interesse. Sie schickte einen Abgesandten nach Augsburg, um das Geheimnis dieses Wunderautomaten ergründen zu lassen – vergeblich, wie der Chronist berichtet. Doch auch sein Wunderschloß konnte den Alten Einlaß nicht retten.

Als letztes bedeutendes Bauwerk des vorigen Jahrhunderts fiel die alte Stadtbibliothek beim Annagymnasium der Spitzhacke zum Opfer. Bernhard Zwitzel hatte sie 1562 als Tanzhaus gebaut, bevor sie später Stadtbibliothek wurde. Wie berichtet wird, stürzte der erste Bau vor seiner endgültigen Fertigstellung zusammen und Zwitzel mußte auf Forderung des Magistrates das Tanzhaus aus eigenen Mittel ein zweites Mal aufbauen. Trotz dieser statischen Fehlplanung galt Zwitzel als wichtiger Baumeister seiner Zeit, der am Neubau der Landshuter Residenz für die bayerischen Herzöge ebenso beteiligt war wie am Bau der Innsbrucker Hofkirche. In Augsburg steht als zweites Werk von ihm noch der nördliche Wasserturm beim Roten Tor. Sein ehemaliges Tanzhaus bildete zusammen mit Elias Holls Annagymnasium ein harmonisches Ensemble, bevor es 1893 für immer verschwinden mußte.

Das vorläufig letzte Großopfer in Augsburg war der Ludwigsbau im Wittelsbacher Park, der 1965 ebenfalls gegen den Willen der Augsburger Bevölkerung gesprengt wurde. Begonnen wurde er im Herbst 1913 nach den Plänen des Stadtbauamtes, nachdem drei Jahre zuvor die hölzerne Konzerthalle abgebrannt war. Als am 10. Oktober 1915 die Einweihung erfolgte, wurde er als Fortschritt für das Kulturleben der Stadt gefeiert. Für den 609 000 Mark teuren Bau hatte der Prinz-Fonds 162 000 Mark beigesteuert, 67 000 Mark zahlte die Brandversicherung für die abgebrannte Konzerthalle und auch Augsburgs Bürger unterstützten durch Spenden den Neuaufbau. Die große Orgel des Saales stiftete Clemens Haindl. Sie wurde vor der Sprengung gerettet und befindet sich heute in der Herz Jesu-Kirche in Pfersee. Erbaut in den sachlichen Formen des Art-Deco, bot der große Saal ca. 1200 Besuchern Platz, seine Bühne faßte bis zu 600 Sänger. 1938 und nach 1945 fand hier das Stadttheater ein Ersatzquartier, ansonsten fanden Konzerte, Bälle und Kongresse statt.

Im Mai 1962 berichtete die Zeitung aus einer Stadtratssitzung, daß nach Meinung der Stadtväter der Ludwigsbau nicht mehr dem entspreche, „was sich unsere Zeit unter einem Konzerthaus vorstellt". Es folgten Überlegungen über Umbau oder Neubau, bis im Februar 1963 die Meldung von der Einsturzgefahr der Kuppelkonstruktion auftauchte. Sie führte zur sofortigen Sperrung des Saales. Zum Thema Umbau merkte ein Stadtrat an, daß man damit „nur eine verbesserte Ruine erhält", ein anderer bezeichnete ihn als „alten Kasten" und der angeforderte Münchner Stahlbausachverständige stellte gar fest, daß die Dachkonstruktion vom ersten Tage an einsturzgefährdet gewesen sei und die statischen Berechnungen völlig falsch waren. Als dann am 27. März 1965 die Sprengung mit 60 Kilo Dynamit erfolgte, fiel der Bau wie vorausberechnet in sich zusammen, doch die fehlkonstruierte und einsturzgefährdete Kuppel blieb „zwar stark deformiert, aber in ihrer Gesamtkonstruktion doch ziemlich gut erhalten", berichtete damals die Zeitung: „Es war halt doch ein Stück Augsburg", meinte wehmütig ein Augsburger vor den Trümmern.

Vom Orient- und vom Staudenexpreß

Rüdiger Schablinski

Der Dampfzug hatte gerade die letzten Häuser von Augsburg hinter sich gelassen und die freie Ebene des Lechfelds erreicht, da bremste er auch schon wieder, wurde langsamer, die Lok tat einen letzten Schnaufer – der Zug hielt. Mitten auf der Strecke, wie es schien. Die Pendler im Abteil ließen sich dadurch nicht in ihrer Schafkopfrunde stören und klopften weiter ihre Karten auf die von vier Knien gestützte Aktenmappe. Nur ein nervöser Herr, der offenbar um seinen Anschluß in Buchloe fürchtete, murmelte etwas wie „Was ist denn los" und öffnete das Fenster, um nachzusehen, ob ein Signal auf Rot stehe. Doch da ertönte auch schon der Pfiff des Schaffners und der Zug setzte sich wieder in Bewegung. Im Gestrüpp am Bahndamm konnte der Fahrgast ein unauffälliges Schild mit der Inschrift „Göggingen" ausmachen und daneben eine altersschwache, winzige Bretterbude, die aussah wie ein von den letzten Römern verlassenes Wachhäuschen. Bei diesem windschiefen Unterstand handelte es sich um den wohl denkwürdigsten Augsburger Bahnhof: die Bedarfshaltestelle Göggingen.

Der neugierige Tourist im Abteil war nicht der einzige, dem diese Station unbekannt gewesen war. Auch die meisten Augsburger wußten nicht, daß die – damals noch selbständige – Marktgemeinde Göggingen im Kursbuch der Deutschen Bundesbahn verzeichnet war, wenn auch zuletzt nur noch mit zwei Zughalten täglich. Der Gögginger „Bahnhof", der erst in den siebziger Jahren aufgelassen wurde, lag damals weitab von jeder menschlichen Behausung mitten in der Prärie, etwa in Höhe der heutigen Friedrich-Ebert-/Rumplerstraße. Mittlerweile ist Göggingen an die Bahnlinie herangewachsen – doch einen eigenen Schienenhalt wird es zum Leidwesen vieler Gögginger auch im künftigen S-Bahn-ähnlichen Taktverkehr (zwischen Augsburg und Schwabmünchen) nicht mehr geben. Genausowenig wie weiter südlich in Wehringen, das einst über eine ähnlich abgelegene Einfachst-Haltestelle verfügte, oder in Großaitingen, wo ebenfalls keine Züge mehr halten. Aus dem Kursbuch verschwunden ist auch ein exotischer „Bahnhof" im Augsburger Stadtgebiet: der Haltepunkt Augsburg-Spickel. Diese Station wurde früher von vielen Pendlern in Richtung Stadtmitte

Der alte Bahnhof in Biburg

und München benützt. Noch in den fünfziger Jahren konnte man auf dem romantischen, von viel „wildem" Grün eingerahmen Spickel-Bahnsteig selbst in der Geisterstunde vor Mitternacht in einen Personenzug in Richtung Landeshauptstadt einsteigen. Und im Winter, wenn der Schienenverkehr unter den Schneemassen zusammenzubrechen drohte, kam es auch schon mal vor, daß morgens ein Schnellzug den Auftrag erhielt, ab Mering alle Berufstätigen in Richtung Augsburg einzusammeln – inklusive der Spickelaner. An einem solchen Wintertag, als auch die Bundesbahn nicht umhin kam, vom Wetter zu reden, geschah dies: der Orient-Expreß hielt in Augsburg-Spickel. Und weil der Zug bereits hoffnungslos überfüllt war mit Fahrgästen aus Wien und Kissing, drängelten sich die Zusteiger aus der Gartenstadt sogar im Gang des Budapester Schlafwagens. Zwei Kilometer weiter wurde es dann noch enger, als auch noch die frierenden Leidensgenossen aus Augsburg-Haunstetter Straße hineindrückten. Diesen Haltepunkt gibt es heute noch, allerdings nur mehr für wenige Züge im Berufsverkehr. Ähnlich verhält es sich bei den Stationen Augsburg-Morellstraße und Augsburg-Hirblinger Straße. Früher tat auf all diesen Mini-Bahnhöfen noch ein richtiger „Stationsvorsteher" Dienst und verkaufte auch Fahrkarten. Inzwischen gibt es hier ebenso wie auf den Bahnhöfen rund um Augsburg nur noch Billett-Automaten. „Besetzt", wie es im Fachjargon der Bahn heißt, ist nicht einmal mehr die Endstation der Weldenbahn: Die Zugführer der in Welden ankommenden Triebwagen fertigen ihre Züge selbst ab.

Das passiert ja ohnehin nur noch „Mo bis Fr", um im Fahrplan-Deutsch zu sprechen. Vorbei die Zeiten, als am

Sonntagmittag das Dampfbähnle nach Welden spätestens am Oberhauser Bahnhof so voll war, daß viele Ausflügler nur noch einen Stehplatz bekamen. Erst in Horgau leerte sich der Zug: das dortige Waldcafé konnte lange Zeit von sich behaupten, das einzige Ausflugslokal mit eigenem Bahnhof zu sein. Auch hier gab es einen respekteinflößenden Mann mit roter Mütze, der den Verkehrsstrom vom Perron zum Tortenbüffet zu überwachen hatte.

Der Ort Horgau selbst ist eine halbe Gehstunde von seinem Bahnhof entfernt – eine Errungenschaft aus der Pionierzeit der Eisenbahn, als die Gemeinderäte alle Hebel und Beziehungen in Bewegung setzten, um bei der Trassierung der Strecke berücksichtigt zu werden. Und sei es auch nur symbolisch wie im Falle Streitheim: Um von dieser Haltestelle an der Weldenbahn in den gleichnamigen Ort zu gelangen, bedarf es eines gut einstündigen Fußmarsches durch dunklen Tann. Aber in Streitheim hält heute eh nur noch ein einziger Zug, der ab und zu von ein paar Augsburger Wanderern benutzt wird.

Weit weg von seinem Bahnhof liegt auch Biburg. Das idylli-

sche Holzhäusle mit diesem Stationsschild, das oberhalb des Straßendreiecks in Vogelsang zu finden ist, hat von der Bundesbahn wundersamerweise immer noch eine Galgenfrist zugestanden bekommen. So träumt der Bahnhof Biburg seinen Dornröschenschlaf weiter, als besonders sinnfälliges Denkmal des Wandels in der Verkehrsgeschichte: Vor dem Wartehäuschen brausen zweimal stündlich Intercityzüge vorbei, und unterhalb, vor der Bahnunterführung, verflechten sich die Autokarawanen zweier Bundesstraßen. Wenn oben auf dem Bahnsteig an einem flirrenden Sommertag wirklich einmal ein einsamer Fahrgast auf einen der wenigen Zügen wartet, die zwischen Diedorf und Westheim auch in Biburg Station machen, dann wirkt er inmitten der geschäftigen Verkehrsströme ringsum selbst schon wie ein Denkmal: Der Bahnhof und sein Benutzer als nostalgisches Gesamtkunstwerk.

Aber damals waren die Biburger eben sehr stolz darauf, daß sie beim Bau der Strecke Augsburg – Ulm wenigstens namentlich berücksichtigt wurden und man fortan im ganzen Deutschen Reich eine Fahrkarte nach „Biburg" kaufen konnte, auch wenn man damit in Wahrheit nur bis Vogelsang kam. Heute liegt der verkehrspolitische Ehrgeiz von Gemeindevätern bekanntlich eher darin, den Ortsnamen auf ein Autobahn-Ausfahrtsschild zu bringen und damit das Dorf im gesamten Sendegebiet von Bayern 3 bekannt zu machen. Nur die Leute in den Stauden haben keine Autobahn und, wie's leider ausschaut, bald wohl auch keine Eisenbahn mehr. Schon heute kann man mit dem „Stauden-Expreß" nicht mehr vom Augsburger Hauptbahnhof über Gessertshausen nach Türkheim durchfahren, weil nämlich der Streckenabschnitt zwischen Markt Wald und Ettringen in einem derart beklagenswerten Zustand war, daß dieser Teil nurmehr per Bus bedient wird. Denn Geld zur Reparierung der Staudenbahn wollte die Bundesbahn nicht mehr ausgeben. Dabei gab es auch nach dem Kriege noch lange Zeit sogar durchgehende Züge von Augsburg nach Bad Wörishofen, die nicht über Buchloe, sondern über Biburg und Mittelneufnach fuhren. An manchen Stationen hielt das Bähnle, wie auch in Göggingen, Augsburg-Spickel oder Streitheim, laut Fahrplan „nur

bei Bedarf". Die entsprechende Verhaltensmaßregel im Kursbuch: „Reisende, die einsteigen wollen, machen sich dem Aufsichtsbeamten oder, wo dieser fehlt, dem herannahenden Zug rechtzeitig bemerkbar."
Inzwischen fehlt in den kleinen Bahnhöfen in und um Augsburg oft nicht nur der Aufsichtsbeamte, sondern außerdem der herannahende Zug. Und mancherorts wohl demnächst auch das dazugehörige Gleis.

Idylle am Hunoldsgraben

Die alte Stadt und ihre Idyllen

Winfried Striebel

Ob im Winter Eisblumen an den Fenstern blühen oder im Sommer Spinnen fadenfeine Gardinennetze vor die Scheiben weben. Die stillen versteckten Winkel der Hinterhofidyllen und Altstadtquartiere verlieren zu keiner Jahreszeit an Reiz und Schönheit. Sie drängen sich nicht auf, sind auf den ersten Blick nicht selten von vermeintlicher Häßlichkeit umgeben, stehen mit keinem Wort im Fremdenführer: Mauerblümchen-Dasein im Schatten von Sehenswürdigkeiten und Baedeckersternen. Sie erschließen sich, meist abseits ausgetretener Touristenpfade nur denen, die noch auf eigene Faust auf Entdeckungsreise gehen, sich Bedürfnis und Gespür dafür bewahrt haben, hinter die Schokoladenseite zu schauen. Dahin, wo Türen nicht Portalen gleichen, Namensschilder und Glockenzüge nicht in blankem Messing blitzen. Und keine blütenweiß gewaschenen und frisch gestärkten Vorhänge die Fenster reich verzierter Fassaden schmücken.

Der Weg von der Bürgerstadt in die „Bruchbuden-Romantik" mißt nur ein paar Schritte. Er führt über buckliges Pflaster, vorbei an Häuserfronten mit brüchigem, bröckelnden Putz, flankiert von verbeulten Fallrohren alter Dachrinnen, aus deren Rostlöchern bei Regen das Wasser auf die Straße spritzt. Eine Haustür hängt schief im Rahmen, vom Fensterstock blättert ein letzter Rest Farbe. Der Lack ist ab. Auf dem Balkon Blühendes in Büchsen. Die Natur stellt keine Bedingungen. Bescheidenes Wachstum aus Blech als Selbstverständlichkeit. Auch der Weinstock im Hof ist ohne Ansprüche. Mühsam klettert er die kahle Wand zum Spitzgiebel empor, rankt sich um die Holzaltane, rahmt liebevoll

Altes Haus am Mittleren Lech

Am Markusplätzle in der Fuggerei

Wo sind die stillen versteckten Winkel? Überall da, wo neben Rosen, Geranien und Lupinen noch Phantasie blühen, Wucherndes noch wachsen darf. Wo Fenster in Häusern noch Augen und keine leeren Höhlen sind, wo Planer erhalten und nicht zerstört, sanierungswütige Spekulanten im Zuge hemmungsloser Entkernung den alten Häusern nicht auch das Herz genommen haben. Überall da, wo das Gesicht der Stadt noch Runzeln und Falten zeigen darf, nicht glatt, geschliffen und steril geworden ist. Da begegnen sich auf ganz andere Weise auch heute noch Geschichte und Gegenwart.

Ein ganz anderes altes Augsburg: die Fuggerei. Gepflegte Geschichte, lebendiges Museum. Modellsiedlung aus dem Mittelalter, Touristen-Magnet, Puppenstuben-Stadt. Denkmal der Dankbarkeit für einen Wohltäter. Jakob Fugger der Reiche hat 1516 die „Stadt in der Stadt" bauen lassen, unbescholtenen und unverschuldet in Not geratenen Bürgern ein Zuhause geschaffen. Das ist es geblieben bis heute. Die Miete? Der Gegenwert eines Rheinischen Gulden im Jahr. Das sind 1,72 Deutsche Mark umgerechnetes

ein Fenster ein, sucht Halt unterm Dach. Märchenburg, Dornröschenschloß. Wucherndes Unkraut auf dem Garagendach verwandelt tristes Grau in einen grünen Garten. Über die Mauer reckt ein Baum seinen starken Arm. Die Blättersterne der Kastanie wirken mit ihren Blütenständen wie Kerzenhalter. In ihrem Schatten hat sich das Dach des Häuschens an der Mauer dicht bemoost. Später im Jahr wird hier der Holunder blühen, den herben, süßen Duft seiner weißen Dolden verströmen, ehe im Herbst die Stare von den blauen Beeren fressen, sich streitend vom Strauch für den großen Vogelzug stärken. Und wieder nach einigen Wochen werden wir Wind an den grünen Läden rütteln hören, ihn Schnee aus grauen Wolken schütteln und als schützendes Polster auf die kahlen Äste und Zweige legen sehen. Szenenwechsel im Jahresrhythmus der vergessenen Idylle.

Stadtmauer bei der Kahnfahrt

Wohngeld über Währungs-
welten hinweg.
Die Eindrücke in den engen
Gassen verdichten sich zu
Bildern: Putzsaubere Häus-
chen, steile Treppengiebel,

von Tauben besetzt. Zufriede-
nes Gurren. Fenster, Türen,
Gauben, die Proportionen
stimmen. Wilder Wein wächst
an den Wänden. Seine Blätter
legen sich Schuppen gleich wie

Patina über das kräftige Ocker
der Fassaden. Der Blick durchs
Tor gerät zum Guckkastenbild
der Vergangenheit.

Kasperle
zieht ins Spital

Gertrud Seyboth

Das große Gebäude am Eingang zur Spitalgasse war lange Zeit ein trauriges Haus. Daß der große Augsburger Baumeister Elias Holl den Bau nicht vollenden durfte, weil er zur lutherischen Lehre übergetreten war, ist wohl das erste Unglück, das dem Heilig-Geist-Spital widerfährt. Trotzdem nennt man das Gebäude später „Paritätisches Hospital", was in Anbetracht der früheren Vorkommnisse wie Hohn und Spott klingt.

In diesem Spital leben alte und kranke Menschen. Sogar als Leprosen-Krankenhaus muß es zeitweise dienen. Große, ganz verblaßte Lettern lassen diesen Namen noch in den dreißiger Jahren unseres Jahrhunderts auf der Hausfront erkennen. Tatsächlich kam es früher vor, daß die Lepra vereinzelt durch Seeleute oder andere Weltreisende in deutsche Städte eingeschleppt wurde. Aber das ist sehr, sehr lange her.

Vor dem zweiten Weltkrieg beherbergen die großen, düsteren Säle ein Altersheim. Die Insassen werden im Krieg evakuiert, und städtische Ämter richten sich in dem Haus ein, das von größeren Kriegsschäden verschont bleibt. So das Statistische Amt und das Leihamt. Auch im Leihamt wird man mit Notfällen konfrontiert, ebenso im Obdachlosenasyl, das jenseits des Hofes eine Unterkunft findet.

Das Image dieses Hauses hat sich jedoch in der Nachkriegszeit sehr aufgehellt. Seit 1948 laufen Kinderfüßchen ein und aus, klingt frohes Kinderlachen, hat endlich die Freude in dem ehemaligen Spital Einzug gehalten.

Das alte Haus verdankt diese Wandlung einem unvergeßlichen Künstler, der auch ein großer Optimist und ein unbeugsamer Idealist war. Sonst hätte er nicht in einer Zeit, in der Augsburg in Trümmern lag, daran denken können, für die Kinder der Stadt ein Marionettentheater zu schaffen.

Es ist Walter Oehmichen, Oberspielleiter der städtischen Bühnen, der ausgerechnet in dieser bitteren Zeit einen langgehegten Traum verwirklichen will. Dabei ist er kein Draufgänger. Er ist ein stiller, feiner Mensch, ganz seiner Aufgabe hingegeben. Man sieht ihn oft durch die Straßen gehen in diesen ersten Nachkriegsjahren. Er läßt sich einen Bart wachsen, zieht einen Leiterwagen, auf dem Holzbretter liegen, hinter sich her und schaut ganz ungeniert in fremde Fenster.

Einmal gräbt er aus dem Schutt vor dem ausgebrannten Rathaus ein paar Lüster. Bis er sein Ziel erreicht hat, darf der Bart wachsen.

Der Blick in die Fenster lohnt sich. Oehmichen entdeckt im alten Heilig-Geist-Spital einen großen Raum, der dem Statistischen Amt gehört. Der Leiter dieses Amtes, Karl König, ist ein einsichtsvoller Mann. Er gönnt dem kleinen Theater diesen Saal, den es heute noch hat, allerdings wesentlich vergrößert und sowohl im Zuschauerbereich wie in der Bühnentechnik vielfach verbessert. Anfangs freilich teilen sich noch Oehmichen und Freund König brüderlich in den Raum. Wenn wieder Lebensmittelkarten oder andere Bezugsscheine fällig sind, braucht das Amt den Saal. Immerhin kann Oehmichen schon die Bühne aufschlagen, die er in der Werkstatt seines Hausherrn gemeinsam mit dem Kunstmaler Michel Schwarzmeier gezimmert hat. Er hängt auch die sorgfältig geputzten Lampen, die er behalten darf, an die Decke. Die Figuren schnitzt er daheim, wo auch die Nähmaschine seiner Frau rattert. Rose Oehmichen schneidert die kleinen Kostüme. Im Februar 1948 ist es

Vor dem Marionettentheater in der Spitalgasse

so weit. Der Bart fällt, und der Vorhang geht auf. Die „Augsburger Puppenkiste" – sie trägt einen historischen Namen – stellt sich vor.

Bei der Eröffnung spricht das kunstvolle Kasperle – es kann sogar mit einem Augenlid klappern – den Prolog. Über die Bühne schleicht „der gestiefelte Kater". Für die Erwachsenen folgt im gleichen Jahr „das Puppenspiel vom Dr. Faust". Drei Jahre später tritt „der kleine Prinz" (nach Saint-Exupery) auf, eine der liebenswertesten Inszenierungen Oehmichens, die 275 Vorstellungen erlebt. Die Zuschauer sehen reizende Märchenaufführungen, sie begegnen in den Abendvorstellungen unter anderem Werken von Brecht und Dürrenmatt. Wahre Delikatessen sind die Kabarettabende, mit denen die Augsburger auch jetzt noch an Silvester und im Fasching rechnen. Weithin bekannt werden die Marionetten der „Puppenkiste" durch Gastspielreisen, und berühmt im ganzen Bundesgebiet durch das Fernsehen. Die „Augsburger Puppenkiste" wird ein „Star" des Hessischen Rundfunks. Vielfach werden Filme in mehreren Folgen aufgenommen wie „Kater Mikesch,, und die „Urmel-Geschichten". Als erstes Fernsehspiel dampft „Jim Knopf" mit seiner Lokomotive über den Bildschirm.

Walter Oehmichen ist Schauspieler. Er hat mit Gustav Gründgens und Paul Kemp die Dumont-Schule in Düsseldorf besucht und ist 1931 an das Augsburger Stadttheater gekommen. Hier ist er lange als Oberspielleiter tätig. Schon damals hat er sich mit selbstverfaßten Märchenspielen den Augsburger Kindern buchstäblich ins Herz geschrieben.

Längst steht in seiner Wohnung ein kleines Marionettentheater, das er für seine Töchter gebaut hat. Während des Krieges entsteht ein größeres Haustheater, der „Puppenschrein". Mit dieser Bühne spielt Oehmichen in den Lazaretten für verwundete Soldaten.

Die „Augsburger Puppenkiste" ist zunächst fast ein Familienbetrieb. Vater Oehmichen, der Allroundman, schreibt und bearbeitet Stücke, schnitzt Puppen, führt Regie und spricht die Rollen mit seiner schönen, geschulten Theaterstimme. Neben ihm Frau Rose, früher ebenfalls Schauspielerin. Sie spricht „Hexen und Königinnen". Auch Ulla und Hannelore, die Töchter, stehen auf der Spielerbrücke, führen das Fadenkreuz und sprechen Texte. Ulla kümmert sich um die Geschäfte, die künstlerisch begabte Hannelore schnitzt und formt die Puppen. Es sind jetzt etwa 5000 aus ihrer Hand. Sie bringt auch den Nachfolger Oehmichens ins Haus, Hanns Joachim Marschall, einen jungen, sympathischen Schauspieler. Es gibt eine Doppelhochzeit. Ulla zieht mit ihrem Mann, Walter Döllgast, nach Erlangen; Marschall tritt in das Ensemble ein.

Längst sind nicht mehr nur Familienmitglieder bei der „Puppenkiste". Als erster stößt schon bei der Eröffnung der vielseitige Manfred Jenning zur Marionettenbühne. Er spielt, schreibt, bearbeitet, inszeniert und leiht dem Kasperle seine Stimme. Sein Ressort sind die Fernsehaufzeichnungen. Andere Helfer malen Bühnenbilder, sorgen für Tontechnik und Musik.

1973 feiert die Puppenkiste den 25. Geburtstag. Walter Oehmichen erfährt viele Ehrungen; er wird von der Stadt Augsburg mit dem Ehrenring und der Ehrenmitgliedschaft der Städtischen Bühnen ausgezeichnet.

Am 2. November 1977 stirbt Walter Oehmichen. Er hat für sein geliebtes Theater 27 Stücke geschrieben und 62 Werke inszeniert. Rund 700 Fernsehaufzeichnungen wurden bisher gesendet.

Nach dem Tode von Manfred Jenning im Jahre 1979 übernimmt Sepp Strubel die Fernsehaufzeichnungen. Hans J. Marschall führt das Marionettentheater im Geiste des Gründers weiter. Insgesamt sind bis heute 76 Kinderstücke und 59 Inszenierungen für Erwachsene über die kleine Bühne gegangen.

Bei den Sieben Kindln

Elisabeth Emmerich

Wie elegant im 18. Jahrhundert sogar die ersten Fabrikgebäude ausgesehen haben, davon gibt das Haus „Bei den Sieben Kindln" am Mittleren Graben eine Vorstellung. Das dreigeschossige Haus mit dem stilechten Mansarddach und dem graziösen Oberlichtgitter an der Haustür hat man 1776 als Tabakfabrik gebaut. Eben jetzt ist es von unten bis oben instandgesetzt worden und wird auch wieder vollständig genutzt, was bei der Lage an dieser stark frequentierten Verkehrsstraße nicht ganz leicht zu bewerkstelligen war. Anstelle der alten Winterfenster gibt es jetzt Lärmschutzfenster mit Sprossen. Auch die innere Aufteilung ist nicht verändert worden. So blieben ein wunderschönes Treppenhaus und große Wohneinheiten, zum Teil mit prächtigen Stuckdekken, erhalten. Keine Verwendung gab es mehr für die rückwärtigen Werkstätten, die direkt auf die gußeiserne Kanalbrücke von 1848 hinaussahen. An ihrer Stelle will die Stadt am Ölhöfle, so heißt das Gelände jenseits des Stadtgrabens, ein Parkhaus bauen lassen.

Die zwölf Meter lange Brücke trägt auf der Schauseite die Aufschrift „C. Reichenbach'sche Maschinenfabrik 1848" und ist mit Zirbelnuß und Zierbögen geschmückt. Die genannte Maschinenfabrik war die Vorläuferin der heutigen M.A.N. Die Brücke ist ein sogenanntes technisches Denkmal und als solches zur Zweitausendjahrfeier der Stadt vom Technischen Verein 1845 unter denkmalpflegerische Obhut genommen worden. Genau besehen handelt es sich um einen schikanösen kleinen Aquädukt. Das Wasser, das er über den an dieser Stelle lebhaft schäumenden Stadtgraben transportiert, stammt aus dem Mittleren und dem Vorderen Lech und wird in den Stadtbach geleitet. Solche sinnigen Kuriositäten gibt es unter den 565 (!) Brücken und Übergängen in Augsburg. Nicht umsonst heißt es „deutsches Venedig".

Seinen Namen verdankt das Haus „Bei den Sieben Kindln" einem Relief an der Nordostecke der Straßenfassade. Das arg verwitterte Steinrelief aus römischer Zeit bräuchte dringend noch einen Mäzen, der es wieder in Ordnung bringen hilft. Zu erkennen sind jedenfalls noch sieben spielende Putten. Die schwer entzifferbare römische Inschrift handelt philosophisch von spielenden Kindern. Alle möglichen Geschichten ranken sich fast seit Bestehen des Hauses um dieses merkwürdige Steinrelief. Einmal ist davon die Rede, daß an dieser Stelle einmal sieben Geschwister miteinander ertrunken seien. In einer anderen Geschichte werden die „Sieben Kindln" in Verbindung gebracht mit dem großen Kinderkreuzzug, der um das Jahr 1212 seinen Weg auch durch Augsburg genommen haben soll. Den Kinderkreuzzug hat es wirklich gegeben. Zu Tausenden sind im Jahre 1212 Kinder in Frankreich und am Niederrhein aufgebrochen, „um Jerusalem zu befreien". Überall, wo sie vorbeikamen, liefen die Kinder ebenfalls von zu Hause weg und schlossen sich dem unaufhaltsamen Zug an. Die meisten sind schließlich elend umgekommen, auf dem Weg über die Alpen verhungert und erfroren oder in der Lombardei am Fieber gestorben, die letzten auf Kreuzfahrerschiffen auf den Tod erkrankt beziehungsweise im Orient verschollen. Das traurigste Kapitel in der traurigen Geschichte der Kreuzzugshysterie muß die Menschen noch lange tief verstört haben. Immer wieder findet man Sagen und Märchen, in denen Kinder von einem

Bei den Sieben Kindln am Oberen Graben

schönen Jüngling oder einem fremden Spielmann scharenweise entführt werden, an der Straße um Brot betteln und von Schreckensgestalten ermordet werden. Die bekannteste einschlägige Fabel ist die vom Rattenfänger zu Hameln, der mit den singenden Kindern in einem Berg verschwunden sein soll. Ähnliche Geschichten gibt es überall entlang der großen Pilgerstraßen nach Süden. Zumindest bis ins 19. Jahrhundert war auch die Sage lebendig, die „Sieben Kindln" seien ein Gedenkstein für die zugrundegegangenen Augsburger Kreuzzugskinder. Die Wissenschaftler wußten damals schon, daß die Reliefplatte einmal zur Vorderseite eines römischen Sarkophags gehört hat, während der Rahmen und der lateinische Text im humanistisch gebildeten 16. Jahrhundert dazugekommen ist, als man erstmals in Augsburg das Sammeln und Sichten römischer Denkmäler als eine Art intellektuellen Sports für gehobene Stände betrieben hat. Aber die Vorstellung von den armen verführten Kindern, die einem grausamen Schicksal entgegenwandern, beeindruckt einen natürlich schon mehr, gefühlsmäßig. Und Gefühl ist ja wichtig in

Im Quergäßchen gegenüber den Sieben Kindln

einer alten Stadt, in der man daheim ist...

Um Kinder geht's auch auf der anderen Seite vom Mittleren Graben. Der kleine Platz „Am Rößlebad" liegt ein paar Stufen unter dem Niveau der Verkehrsstraße. Von hier fangen die Quergäßchen an: Erstes, Zweites, Drittes Quergäßchen und so fort. Es sind schmale Pfade in ein verwinkeltes Quartier der Jakobervorstadt. Die Bomben des Zweiten Weltkriegs, die hier furchtbar gehaust haben – einen rettenden Ausgang für Menschen gab es bei der extrem engen Bauweise kaum –, ließen etliche alte Häuser stehen. Die kämpfen jetzt, vierzig Jahre danach, um eine Überlebenschance. Jetzt heißt die Gefahr möglicherweise „Entkernung". Würde man das Haus genau gegenüber von den „Sieben Kindln" abreißen, gäbe es sicher mehr Luft. Man könnte zwei Bäume – mehr kaum – hinpflanzen, für ein paar Jahre, bis sie eingehen. Danach hätte das ruhende Blech einige Meter mehr zum Verstellen. Das wär's dann wohl. Eva Klotz hat das Haus noch porträtiert. Da wartet das Haus noch still auf jemanden, der es retten möchte. Jemanden, dem es Spaß machen würde, sich in eins der zwei Stockwerke unter dem Spitzgiebel zu verkriechen, wo es nur je ein Fenster gibt. Ein neuer Spitzweg-Poet könnte es sein. Aber der hätte kein Geld, leider.

Vor dem Haus lärmt ein Rudel schwarzhaariger Buben. Ums Eck biegt ein kleines Mädchen, beobachtet interessiert unsere Bemühung, festzustellen, ob das Haus mit dem Spitzgiebel total unbewohnt ist. Vor kurzem muß noch jemand da gewohnt haben. Im ersten Stock hängen noch Gardinen, im offenen Hausgang klebt ein verwaschenes Namensschild.

»Grüß Gott!" sagt das kleine Mädchen. Deutsche Kinder sagen fremden Leuten nicht „Grüß Gott!" in der Großstadt (auch nicht auf dem Land, meistenteils). Außerdem wohnen hier keine deutschen Familien, keine mit und auch keine ohne Kinder. Das kleine Mädchen, das akzentfreies Deutsch spricht, ist Türkin, eine mittelblonde, blauäugige Türkin. Es scheint keine andere Nationalität hier zu geben. Unser Ratsch zieht die dazugehörige Mutter an, strenggläubige Muslimin dem Kopftuch nach. Das dicke Baby auf ihrem Arm fremdelt nicht. Schon nach dem ersten Tätscherle strebt es begeistert krähend auf unseren Arm.

Glückliche Kinder? Vorerst sicher noch. Mögen sie nie in traurige Geschichten von der Art verwickelt werden, wie sie jenseits der Straße bei den „Sieben Kindln" umgehen.

Der Engel im Turm

Benno Plabst

Obwohl der Perlachturm zu den höchsten Baulichkeiten in Augsburg zählt, hat er – seit 1526 – nur einen einzigen Bewohner! Das spricht für die Großzügigkeit der Stadtverwaltung. Der Eisenbeiß Gustav, ein alter Augsburger, vermutet, daß der Perlachturm damals mit seinem spitzigen grünen Hut an einer vorbeiziehenden Wolke hängenblieb und ein Loch hineinstieß. Da ist der Michael, ein bekannter Erzengel, durch das Loch heraus- und genau in den Turm hineingefallen.

Jetzt hatten die Augsburger plötzlich einen leibhaftigen Engel unter sich und waren sehr froh. Bald aber sagten sie: „Was dua mr mit dem? Umsonscht ka der do net rumhocka!" Und sie beschlossen, er müsse alle Jahre einmal den Teufel totstechen. Damit könne er sein Brot verdienen und dem Gottseibeiuns werde das Hiersein in der Stadt verleidet.

Der Michael kommt seitdem jedes Jahr an seinem Namenstag, dem 29. September, aus seinem Turmkämmerlein heraus. Er ist prächtig herausgeputzt und sieht aus wie man sich einen himmlischen Ritter vorstellt. Schlank, ohne Übergewicht und mit edlen Gesichtszügen. Wenn der Eisenbeiß Gustav in den Spiegel schaut, sagt er immer zu sich selbst: „Der isch's genaue Gegenteil von dir!"

Obwohl der Michael so schön ist, geht er einem rauhen Handwerk nach. Er setzt einen Fuß auf des Teufels Leib – der Teufel ist zu diesem Zweck eigens aus der Hölle gekommen – und wartet, bis die Glocken vom Perlachturm die volle Stunde schlagen. Dann geht ein kühnes Aufblitzen über Michaels Antlitz, während der Teufel lediglich sein Gesicht verzieht. Er hat es nicht gern, daß der Michael mit der Lanze zwischen seinen Rippen herumstochert wie eine Augsburger Hausfrau, die probiert, ob ihre Kirchweihgans gar ist. Am meisten verzieht er das Gesicht mittags um zwölf, weil dann der Michael zwölfmal zustößt. Trotzdem findet der Teufel immer die Kraft, bei jedem Stoß des Michaels diesem seine rote Zunge herauszustrecken und theatralisch mit den Gliedern zu zappeln. Das Böse läßt sich halt auch in Augsburg so leicht nicht unterkriegen.

Am Ende aber ist der Michael heilfroh, wenn sein Namenstag vorbei ist – genau wie der Teufel. Denn als Engel ist dem Michael das Totstechen ein

Greuel, und außerdem ist der Teufel ein ehemaliger Kollege von ihm, wenn auch ein gefallener. Ein Rest Korpsgeist bleibt da immer noch, und in der Augsburger Kommunalpolitik wird es nicht anders gehandhabt.

Wenn der Michaelstag also vorbei ist, wischt der Michael unauffällig seine Lanze ab und fährt lautlos in das Innere des Perlachturms hinein. Er hat jetzt ein Jahr Ferien und ist somit nicht nur der einsamste Bewohner eines Turmes, sondern auch der Mann mit der kürzesten Arbeitszeit in ganz Augsburg. Eines Tages schaffen das alle anderen Augsburger auch noch.

Wohin aber der Teufel geht weiß der Teufel! Wahrscheinlich treibt er sich heimlich in der Stadt herum und leckt seine Wunden. Ab und zu liest man etwas über ihn im Polizeibericht.

Für die Augsburger Kinder ist das alljährliche Erscheinen des „Turamichele" (so heißt der Turm-Michael auf Schwäbisch) ein großes Freudenfest. Aus allen Stadtteilen quellen sie hervor und strömen zum Rathausplatz. Sie schauen gebannt auf den Turm, als könnten sie ihr Michele mit Blicken herauslocken. Aber die goldenen Zei-

Turamicheletag am Perlach

ger der Perlachtturmuhr gehen langsam und lehren die Kinder das Warten. Da müssen sie sich die Zeit vertreiben. Sie lassen bunte Luftballone steigen. Der blaue Himmel bekommt rote, gelbe, grüne und weiße Tupfer, die immer kleiner werden und kleiner. „Uia!" rufen die Mädchen, „uia!" Und „Meiner isch am höchschten!" jubeln die Buben. Eine Mama schreit: „Bleib doch do, Hansi, i find di ja sonscht nimmer!" Und ein Papa nimmt sein Töchterlein huckepack auf die Schulter, so daß er ausschaut wie der Sankt Christophorus. Das Turamichele läßt sich Zeit. „No fünf Minutta!" sagt ein altes Fraule zu ihrem Mann. Der Opa hat einen langen weißen Bart, aber ein junges Herz. Er lacht und blickt erwartungsvoll auf das Turmfenster am Perlachturm, das mit Blumen geschmückt ist und wirkt wie ein Bilderrahmen, in den gleich ein wunderschönes Gemälde eingehängt wird. Es schauen aber nicht nur die Augsburger. Auch der Kaiser Augustus auf seinem Denkmalssockel schaut und das Rathaus schaut und die Peterskirche. Nein, die Peterskirche schaut nicht; die lugt nur hinter dem Perlachturm hervor.

„No a Minutt!" ruft ein kleiner Bub. Er ist glücklich und stolz, weil das Turamichele kommt und weil er schon so groß ist, daß er die Uhr ablesen kann. Doch eine Minute kann lang sein. Die Kinderstimmen brodeln … Dann verstummen sie. Das „Turamichele" ist herausgekommen. Es blickt ein bißchen verwirrt auf die vielen Menschen herunter und denkt: „Hoffentlich klappt alles!" Der Teufel liegt schon auf dem Rücken und wartet. Da schlägt es vom Perlachturm einmal. „Ai-iiins!" zählen die Kinder mit, und der Michael sticht, was er stechen kann, und der Teufel streckt dem Michael die Zunge heraus, was er herausstrecken kann. Zwei! – „Zwai–iii!" zählen die Kinder wieder. Und der Teufel nickt dem Michael zu. Und der sticht wieder. Drei! – „Drai–iii!" schreien die Kinder. Vier! – „Vie–ääär!" Fünf! – „Fü–üüünf!" Bis zwölf ist es lang. Aber es lohnt sich, zu bleiben. So lange, bis der Michael, nach dem letzten Glockenschlag, noch einmal auf alle Augsburger auf dem Rathausplatz, die großen und die kleinen, herunterschaut als wolle er sagen: „Na, und ihr? Ein bißle Stechen hättet ihr schon auch verdient!" Aber als Erzengel schweigt er diskret und wirkt lediglich durch seine Würde. Die zwingt ihn, sich umzudrehen und samt dem Teufel, der überhaupt nichts denkt als: „Mei Ruah möcht i haben!", im Turmfenster zu verschwinden.

Die Kinder und ihre Eltern verschwinden auch. Aber sie bewegen sich viel schneller als das „Turamichele". Es ist, als sei eine große Spannung in ihnen geplatzt und herausgelaufen, auf der sie wie auf einer Woge der Freude nach Hause schwimmen. Das Gute hat gesiegt! Sie sehen aus, als wollten sie alle „Hallejua!" rufen. Aber der Teufel kommt schon in der nächsten Stunde wieder – und das „Turamichele" muß ihn erneut aufspießen. Und so wird es bleiben, meint der alte Gustav Eisenbeiß, so lange die Welt sich dreht und mit ihr die Stadt Augsburg als ein kleiner Binkel obendrauf.

Eingang zum Schwabhof bei Kissing

Der Krug unterm Kreuz

Rüdiger Schablinski

Als die Bedienung sich am Ende dieses langen Tages endlich hinsetzen konnte, um Kassensturz zu machen, schaute ihr beim Geldzählen ein Bub über die Schulter: ihr „Assistent" im vorangegangenen Biergarten-Gefecht. Mal hatte er eine Portion Preßsack bis zu dem Tisch unter die hinterste Kastanie getragen, mal eine Radlermaß ins „Salettle", in das sich die gewitterscheuen Gäste verzogen hatten, und um fünf, als der Nachmittagsbetrieb seinen Höhepunkt erreiche, war er von der Wirtin sogar in delikater Mission zur Konkurrenz geschickt worden: im benachbarten „Tiroler-haus" sollte er beim dortigen Metzger zehn Paar Schweins-würstl und 20 Paar Wiener kaufen, weil nämlich der Eis-schrank schon fast leer war. Ort der Handlung: die Bahn-hofs-Restauration zu West-heim bei Augsburg. Dort hatte sich besagter Bub an diesem Sonntag im Jahre 1953 sein erstes Geld verdient: 50 Pfennig als Lohn für treue Aushilfs-dienste im Gartengeschäft. Letzteres florierte an diesem Tage besonders gut, denn erstens war herrliches Sommer-wetter und zweitens waren schon in der Frühe um sechs die Wallfahrer singend und betend vom Westheimer Bahn-hof kommend am Biergarten vorbei hinauf zur Kobelkirche gezogen. Dort oben gab es einen Freiluft-Gottesdienst unterm großen Kobelkreuz. Anschließend wurde in der Kobel-wirtschaft zu Mittag gegessen, und zum Kaffee und zur Brot-zeit kehrte man dann vor der Abfahrt des Zuges noch unten am Berg im Gasthof an der Hindenburgstraße ein. Wer im Garten keinen Platz mehr fand, setzte sich notgedrungen in die Gaststube mit den vielen

prächtigen Hirschgeweihen. Dieses Bahnhofs-Restaurant in Westheim gibt es schon lange nicht mehr, ebensowenig wie die Kobelwirtschaft. Nur die Kobelkirche steht noch, wenngleich die Wallfahrten nicht mehr so häufig stattfinden wie früher. Der kurze Weg vom Kreuz zum Krug freilich, er ist dahin.

Anders bei einem entfernteren Ausflugsziel der Augsburger, das der Bub damals gleichfalls kennenlernte: als der Vater die Familie in den sonntäglichen „Ammerseezug" (Ehre seinem Andenken!) verfrachtete, der über Hochzoll, Mering und Geltendorf nach Schondorf, Utting, Riederau und Dießen schnaufte. In Utting – oder auch in Dießen mit seinen schönen Oberland-Häusern – begann die heute noch „klassische" Augsburger Ausflugs-tour: Mit dem Schiff nach Herrsching, über die Höhen nach Andechs und durchs Kiental wieder zurück.

Ammersee und Andechs, Kloster und Käs, Barock und Bier: das war früher ja eine ausgesprochene Augsburger Domäne. Inzwischen gibt es aber Augsburger, die schwören mögen, daß das alles auch nicht mehr so sei wie früher, seit die Münchner ihre S-Bahn haben,

die viel häufiger verkehrt als das Schiff mit Anschluß aus Schwaben. Damals, ja damals – so seufzen diese Datschiburger – sei das eben noch genau geregelt gewesen: die Münchner waren am Starnberger, die Augsburger am Ammersee. Und (erstere betreffend): Ach, wär'n sie doch in Feldafing geblieben...

Doch die Verhältnisse, die sind nun mal so, weswegen es auf dem „Heiligen Berg" mittlerweile und notgedrungen eine Koexistenz von Isar- und Lech-pilgern gibt. Die Augsburger, die dies heimlich beklagen, sind freilich selber schuld – tun sie doch manchmal so, als ob es für einen Sonntagsausflug kein anderes Ziel gäbe als Andechs und den Ammersee. Als ob es zum Beispiel jene Klöster nicht gäbe, die wir garantiert für uns allein haben: Oberschönenfeld und Holzen etwa, in welch letzterem zuweilen auch noch eine richtige Klosterfrau den Schweinsbraten serviert – anders als in Andechs mit seinem zuweilen recht rüden Self-Service unter der Schirmherrschaft einer Münchner Groß-brauerei. In Oberschönenfeld wird zudem noch ein eigenes Brot gebacken, für das manche Augsburger um die 60 Autokilometer opfern.

Zwischen Diedorf und Gessertshausen

Kann allerdings sein, daß sie dabei in den Sommermonaten Bekanntschaft mit Touristen aus Gelsenkirchen und Oberhausen (dem Oberhausen weiter droben, wohlgemerkt) schließen, weil die Stauden – einst klassisches Exklusiv-Ausflugsreservat der Augsburger – mittlerweile auch ein Geheimtip für außerbayerische Urlauber geworden sind, die's in den Ferien lieber beschaulich haben. Das müßte eigentlich jeden Augsburger etwas beschämen, der Las Palmas besser kennt als Langenneufnach und schon häufig in Bozen war, aber noch nie in Bonstetten. Inzwischen aber gibt es in dieser Beziehung neue Hoffnung: Das Wandern ist bekanntlich wieder in Mode gekommen. Und so tummeln sich in letzter Zeit doch erheblich mehr Augsburger an „Webers Brünnele", an der „Maderquelle" und im Streitheimer Forst, als das noch in den siebziger Jahren der Fall war. Zur Winterszeit hat der aktuelle Langlauf-Boom ein Weiteres dazu beigetragen, daß die schwäbischen Hauptstädter ihre Umgebung neu entdecken. Darüber dürfte sich posthum auch ein prominenter Augsburger freuen, der 1918 ein Gedicht „Mit Freun-

den bei einem Ausflug"
schrieb, in dem es hieß:

„...Mundharmonika. Humor,
Zigaretten.
Wasserstiefel. Gefühl für Ro-
mantik und Ulk.
Ziel: Nervenheil. Rodelpartie
im Sternenschein.
Thee im Wald. Zweikämpfe
mit Flurhütern..."
Verfaßt von Bertolt Brecht.

Apropos: „Nervenheil"? Ach
ja – gibt's leider auch nicht
mehr. Wie die beiden Biergärten in Westheim.

In Diessen am Ammersee

Fünffingerlesturm am Stadtgraben

Die Türme
der alten Stadt

Rolf Biedermann

Wer einen Turm baut, möchte ein Signal setzen, möchte mit dem steilen Herauswachsen aus der anonymen Häusermasse Macht oder Würde suggerieren. Dieser Gedanke der Übersteigerung, auch der Maßlosigkeit klingt bereits beim Turmbau zu Babel an. Augsburg war einst eine turmreiche Stadt, ihre turmbewegte Silhouette mag manchen Reisenden neugierig gemacht und zu einem Besuch eingeladen haben. Sechzehn Kirchtürme, vierzehn Stadttore, dazu eine Reihe von Wehr- und Wassertürmen vermittelten ein akzentreiches Panorama, aus dem sich die Domkirche und St. Ulrich heraushoben. Dazwischen bilden Rathaus und Perlach den bürgerlichen Akzent. Dabei war der Perlach ursprünglich nichts anderes als der Westturm von St. Peter und stand, als er 1183 erbaut wurde, in einem harmonischen Verhältnis zum Baukörper der Kirche. Mit dem wachsenden Einfluß des Bürgertums in der Stadt wuchs auch der Perlach.

Er wurde seiner einstigen religiösen Zweckbestimmung entkleidet, wurde profaner Stadtturm. Bereits 1526 hatte man ihm zwei Geschoße aufgesetzt. Als man dann an den Abriß des gotischen Rathauses mitsamt Glockenturm dachte, schlug Elias Holl vor, das Ratsgeläute ebenfalls im Perlach unterzubringen. Dafür wurde er nochmals erhöht und mit einer eleganten Kuppel, Laterne und Zwiebel bekrönt. So war er zwischen den beiden Hauptkirchen Dom und St. Ulrich zum säkularisierten Machtanspruch des Bürgertums auf 70,4 Meter emporgewachsen. Die Westfassade der Peterskirche, die er einst betonte, hat er zur bloßen Sockelzone zusammengedrängt, die Verhältnismäßigkeit war gesprengt: Er hat sich zu einem der wichtigsten Wahrzeichen der Stadt verselbständigt. Natürlich wurde mit seiner Erhöhung auch eine Verbesserung seiner Funktion als Wachturm erzielt. Der Turmwächter konnte von seinem erhöhten Sitz Stadt und Umland besser übersehen, konnte rascher das Herannahen feindlicher Truppen mit der 76 Zentner schweren Alarmglocke ankündigen. Auch bei Bränden in der Stadt war der erhöhte Sitz von Vor-

Burggrafenturm am Fronhof

Wassertürme beim Roten Tor

teil. Die große Alarmglocke, die bereits 1348 gegossen worden war, kündigte aber auch Hinrichtungen sowie die alljährliche Wahl des Stadtrates an. 1813 wurde dieses geschichtsträchtige Stück zertrümmert und in eine Feuerspritze umgegossen. Ein ähnliches Schicksal drohte auch dem Perlachturm, als er die Bombennacht im Februar 1944 nur als Ruine überstanden hatte. Damals regten sich bereits gewichtige Stimmen, die von Sprengung sprachen. Nicht auszudenken, wenn auch dieses Wahrzeichen heute nur noch Erinnerung wäre.

Der Fünfgratturm, einer der malerischsten Wehrtürme der einstigen Stadtbefestigung, steht heute einsam zwischen Bäumen der ehemaligen Wallanlagen. Ein trutziger Geselle, der seine Standfestigkeit nicht nur durch sein beträchtliches Alter von 530 Jahren demonstriert, er zeigt sie auch in seiner kraftstrotzenden Umrißform, die Substanz verrät. Natürlich ist seine heutige Isolation nicht natürlich. Ursprünglich war er mit vielen anderen steinernen Wächtern dieser Art in die Befestigungsmauer eingegliedert, stärkte die Wehrhaftigkeit der Stadt. Auf

Grund seiner Form mit den vier Rundtürmchen an den Ekken nennen ihn die Augsburger liebevoll „Fünffingerlesturm". Der Sage nach sollen sich früher allerdings weniger liebevolle Instrumente unter seinem Dach befunden haben, nämlich die Folterwerkzeuge der Stadt. Dafür gibt er sich heute umso friedlicher, ist zu einem Stück stimmungsvoller Romantik inmitten des hektischen Verkehrs geworden. In seiner äußeren Gestalt mit den vier runden Ecktürmchen war er in Augsburg übrigens keine einmalige Erscheinung: das Rote Tor, das Gögginger- und Oblattertor glichen ihm geschwisterlich, bevor sie von Elias Holl umgebaut wurden. Augsburg verdankte seinen einstigen Ruhm nicht zuletzt seinem Wasserreichtum, der sich in den vier Flußgöttern des Augustusbrunnens allegorisch spiegelt. Bereits 1411 schuf der städtische Brunnenmeister Leopold Karg mit seinem Wasserturm am Roten Tor eine für diese Zeit einzigartige Wasserversorgungsanlage. Mit einer durch ein Wasserrad betriebenen Pumpe pumpte er das Trinkwasser in ein gewaltiges Bassin, aus dem auf Grund des Falldruckes das Wasser auch in höher gelegene Stadtteile geleitet werden konnte. Offenbar war Kargs Anlage für den Gesamtverbrauch der Stadt jedoch zu klein, denn nur vier Jahre später berief man den Ulmer Brunnenmeister Hans Felber zur Erweiterung der Wasserleitungen. Er bezog den Unteren Wasserturm bei den sieben Kindln, einen ehemaligen Festungsturm, in das Versorgungsnetz mit ein, außerdem soll er die untererdigen Zuleitungsrohre durch größere aus Föhrenholz, sogenannte „Deicheln", ersetzt und damit die Wasserknappheit vollends beseitigt haben. Augsburgs Wasserversorgungssystem galt noch 1705 als einzigartig in Europa. Der englische Reiseschriftsteller Blainville bezeichnet in der Beschreibung seiner sechsjährigen Reise durch Europa den Alten Einlaß und die Wassertürme beim Roten Tor als die größten Kunststücke der Mechanik. Bereits Mitte des 16. Jahrhunderts floß das Wasser nicht mehr nur in die öffentlichen Rohrkästen auf den Straßen, sondern direkt in die Häuser. Jeder Bürger hatte dafür einen Wasserzins an die Stadt zu entrichten.

Die beiden Türme auf dem Bild werden als der große und kleine Wasserturm bezeichnet. Unweit von ihnen steht als dritter der sogenannte Kastenturm. Der große Turm wurde 1416 errichtet und nach Brand 1463 neu aufgebaut. 1669 wurde ihm das achteckige Obergeschoß aufgesetzt und achtzig Jahre später die Balustrade als Krone. Der kleinere Bruder entstand erst 1470 und wurde zwischen 1556 und 1559 von Bernhard Zwitzel neu gestaltet. 1672 erhielt er seine barocke Haube. Mit beiden Wassertürmen eng verknüpft ist der Name des Brunnenmeisters Caspar Walter, dessen geniale Pumpwerke weit berühmt waren. Bis 1880 versorgten beide Türme die Augsburger Bevölkerung mit Trinkwasser.

An der Schwibbogenmauer

In der Schwibbogengasse

Kinder träumen den Winter

Manfred Krug

Der Winter in Augsburg ist schon lange nicht mehr, was er früher mal war. Es wird viel darüber nachgedacht und gerätselt, warum dies so ist. Einmal schmelzen die Flocken dahin, bevor sie die Erde richtig erreichen, dann ist der Schnee batzig und wird fest wie Beton. Von den schönen Geschichten, in denen der Nikolaus im Schlitten seine Nüsse und Lebkuchen den Kindern bringt, träumen sie nur noch.

Nur ab und zu kehrt die alte Winterherrlichkeit zurück, dann gilt es, ein seltenes Ereignis zu feiern, bevor riesige Räumfahrzeuge und Salz der weißen Pracht wieder den Garaus machen.

Schnell haben die Kinder ihre

Köpfhaus in der Philippine-Welser-Straße

Schlitten und Skier aus den hintersten Ecken im Speicher geholt; sie hinterlassen noch rostige Spuren im frischen Schnee, doch dann startet die erste Rutschpartie am sanften Hang. Vor lauter Eile, möglichst oft den Hang hinauf und hinunter zu kommen, laufen die Nasen rot an und die Bakken glühen. Es bleibt keine Zeit zum Verschnaufen, nur ab und zu lassen sie sich ein Paar Schneeflocken zur Erfrischung auf der Zunge zergehen.

Schon ist ein Schneemann in Arbeit, es muß schnell gehen, denn meistens erlebt er den nächsten Morgen nicht. Wenn das Wetter wechselt, zerstören Wind und Regen sein kurzes Leben im Nu. Drei Kinderstärken braucht es schon, um den dicken Bauch herbeizurollen, dann wird das Sakko mit drei Kohleknöpfen angemessen und zum Schluß wird er mit dem Kopf und der roten Rübennase zum Leben erweckt. Die Kinder ziehen ihre Schlitten weiter durch die Altstadt. Viele der Kanäle hat man wieder aufgedeckt, doch nicht nur, um zu beweisen, daß Augsburg mehr Brücken hat als Venedig, sondern auch, um den Schnee darin verschwinden zu lassen. Viele Altstadtbewohner be-

Ecke Schlossermauer/Oberer Graben

kämpfen die Schneeflockenpracht mit dieser einfachen Art.

Plötzlich merken die Kinder, daß die Autos auf den Straßen fehlen. Die Autofahrer finden die Straßen nicht, der Schnee hat alles unter seinem weißen Mantel versteckt. Der Milchberg wird zu einer tollen Rodelbahn mit Kurve. Der alten Hufschmiede geht es so wie dem Winter. Man erinnert sich gerne an die wohl älteste Stadtschmiede und ist stolz auf das köstliche Gebäude. Doch die Arbeit mit Esse und Amboß ist nicht mehr gefragt, wie der Winter in der Stadt.

Vom Ulrichsmünster zeigt ein Glockenschlag den anbrechen-

den Abend an, die ersten
Sterne erleuchten den tief-
blauen Himmel. Gläubige finden den Weg zum Gebet in die
Basilika.

Die Maximilianstraße wird zu
einem wunderbaren Winter-
traum, jedes Haus zu einem
riesigen Adventskalender. In
den Fenstern der prachtvollen
Fassaden bleibt der Schnee
sitzen wie Zuckerwatte, gold-
gelbe Sterne auf der Straße
weisen den Weg durch das
Wintermärchen.

Es wird höchste Zeit, den
Weihnachtsbaum für das Fest
zu erstehen. Der Verkäufer
hüpft von einem Bein auf das
andere, die Kälte sitzt tief.
Auch die Tabakspfeife, dicke
Schals und der heiße Engeles-
punsch helfen da nicht viel. Es
wird gemessen, ein Stück noch
abgesägt, dann ist der Traum
von Schnee und Winter vorbei.
Es beginnt ein neuer Traum –
der vom Christkind, denn
Weihnachten ist nah.

In den Rote-Torwall-Anlagen

Weihnachten unterm Ulrich

Elisabeth Emmerich

Im Viertel „Unterm Ulrich", an der Südostecke der Altstadt, ist in unserem Buch die Weihnachtsgeschichte angesiedelt. Das hochheilige Paar fällt in diesem volkreichen Viertel gar nicht auf. So wie es vor zweitausend Jahren auch in Bethlehem nicht aufgefallen ist, als es zu nachtschlafender Zeit vergeblich an die Türen der überfüllten Gasthöfe geklopft hat. Wie wir alle aus der Biblischen Geschichte wissen, war an der Überfüllung von Bethlehem seinerzeit die Volkszählung schuld gewesen, die der römische Kaiser Augu-

91

stus Gajus Oktavian im ganzen Reich befohlen hatte – derselbe Augustus, der als Brunnenfigur auf dem Augsburger Rathausplatz steht und seinen herrscherlichen Caesarenarm justament nach Südosten reckt. Als ob der Gründer von Augusta Vindelicum es damals schon geahnt hätte, was sich in dieser Ecke der Stadt abspielen sollte ...

Weitere historische Rechtfertigungen dafür, warum Eva Klotz das Christkind in Augsburg zur Welt kommen läßt, müssen wir also gar nicht erst mehr suchen. Eine steht in Person auf dem schönsten der Augsburger Prachtbrunnen. Maria und Josef waren diesmal etwas klüger in der Zeitplanung und sind spätnachmittags zur Herbergsuche einpassiert. Die Uhrzeit läßt sich auf dem ersten Bild am letzten Widerschein der blassen Dezembersonne am Himmel über den Dächern des Saurengreinswinkels ablesen. Seinen merkwürdigen Namen hat das Plätzchen von einem Augsburger Bürger Hans Saurengrein, dessen Familie und Nachfahren vom Anfang des 16. Jahrhunderts an lange Zeit dort lebten. Fröhlicher Umtrieb herrscht im Saurengreinswinkel. Die Kinder kommen vom Rodeln heim.

Links ist ein kleiner Christbaummarkt in vollem Gang. Zwei Barmherzige Schwestern biegen um die Ecke. Wahrscheinlich gehören sie zur Ambulanten Krankenfürsorge und sind sterbensmüde vom Pflegedienst bei einschichtigen alten Leuten, deren es hier herum in den Häusern viele gibt. Deswegen sind auch ihnen „die Augen gehalten", um es bibelvornehm auszudrücken: Auch sie haben Maria und Josef nicht erkannt. So kann es gehen in dieser Welt. Nur eine Hausmadonna betrachtet mit verklärtem Blick ihre lebendige Schwester, die im himmelblauen Kopfschleier, ein Bündel unterm Arm, still hinter ihrem Josef steht, während der an der Tür rechts hinten zu verhandeln versucht. Die Tür geht gar nicht erst auf. Der Hauswirt weist sie gleich vom ersten Stock aus durchs Fenster ab. Nichts frei für Fremde.

Wohin kann man sich in dieser Gegen verkriechen, wenn einen niemand haben will? Nicht einmal im Rabenbad ist mehr Platz für die zwei aus Nazareth. So kommt das Christkind im Brunnenmeisterhof auf die Welt. Im kleinen Anbau des Brunnenmeisterhauses schimmert sogar Licht durch die Bogenfenster. Dort kann Maria ihr Wanderbündel auf die Balustrade legen und sich vom fürsorglichen Josef ins Trockene geleiten lassen. Hoffen wir wenigstens, daß es trocken gewesen in dem Häuschen in der Heiligen Nacht. Denn als Eva Klotz hier die Weihnachtsgeschichte gemalt hat, sah es beim Brunnenmeisterhaus noch ungepflegter aus als seinerzeit vor zweitausend Jahren auf dem Hirtenfeld bei Bethlehem in einem halbeingestürzten Schafstall.

Zu reichsstädtischen Zeiten war der Brunnenmeister ein wichtiger Mann in der Verwaltung. Oberbaurat wäre heutzutage der mindeste Titel, wahrscheinlich wäre er sogar Baudirektor. In der wasserreichen Stadt hatte er seine ziemlich repräsentative Dienstwohnung unmittelbar neben den Wassertürmen des Roten Tores. Um ihre raffinierte Wasserversorgung wurde die Reichsstadt Augsburg von der ganzen Welt beneidet. Sie war Vorausetzung für wirtschaftliches Gedeihen durch die Jahrhunderte. Genau 171,60 Kilometer lang sind die Wasserläufe in Augsburg, wenn man sie an einem Stück rechnet, viele unter der Erde und in kunstvollen Verbauungen strömend, manche erst in neuester Zeit wieder

Im Saurengreinswinkel

aufgedeckt wie im „Gängevier-tel" zwischen dem Kloster St. Ursula und der Stadtmetzg. Im Augsburger Rokoko hatte der Brunnenmeisterhof noch eine besondere Attraktion. Zwischen Rosenbosketts und Lorbeerrabatten waren kunst-volle Wasserspiele angeordnet,

die ahnungslose Besucher mit jeweils einem Tritt auf eine ver-steckte mechanische Düsen-klappe in Aktion setzen konn-ten. Man wurde pudelnaß da-von, muß es aber zumal bei flackernden Windlichtern zum Anschauen überwältigend ge-funden haben. Nach dem

Zweiten Weltkrieg war im Brunnenmeisterhaus eine Werkstatt für Emailschmuck untergebracht. Zur Zweitau-sendjahrfeier der Stadt Augs-burg hat sich die Handwerks-kammer für Schwaben-Augs-burg des inzwischen arg ver-kommenen Gemäuers ange-

Im Brunnenmeisterhof beim Roten Tor

nommen und es für ein neues Handwerksmuseum restauriert.

Und dann kommen die Heiligen Drei Könige in den Brunnenmeisterhof. Entweder sind sie, anders als ihre Vorgänger im Neuen Testament, schon vor Auffindung des neugeborenen Königskindes mißtrauisch gegenüber eventuellen Fehlinformationen. Oder aber jemand hat ihnen den unauffälligen Weg zum Ort des Geschehens durch ein Pförtchen bei den Anlagen am Roten-Tor-Wall verraten. Die Kinder, die da den Hang hinunterschlitteln, freuen sich arglos über die Ankunft der Könige Kaspar, Melchior und Balthasar. Ebenso freundlich schnuffeln die Zamperln, die von ihren Besitzerinnen spazierengeführt werden. Und die unentwegten beiden Barmherzigen Schwestern haben's einfach wieder nur eilig am rechten Bildrand. Wieder geht die blasse Wintersonne unter, diesmal hinter einem Ausschnittpanorama vom türmereichen Augsburg. Ganz eng beisammen stehen die beiden Wassertürme, der Rote-Tor-Turm, der Münsterturm von St. Ulrich und Afra und der kleine sechseckige Dachreiter vom Heilig-Geist-Spital. Aber der Himmel ist heller als auf dem ersten Bild. Die Heiligen Drei Könige kommen immer erst im Januar. Man merkt das junge Jahr schon minutenweise. Außerdem ist das Christkind da. Drum ist die Welt heller.

Hinter dem riesigen König Melchior, der ein ebenso schwergewichtiges Goldgefäß zur Krippe trägt, marschiert tapfer über den festgetretenen Schnee der Mohrenkönig Kaspar, kenntlich am lilafarbenen Spitzhut und dem Zwergerl in Turban und Pluderhosen, der ihm die große Schleppe trägt. An sich sind fürstliche Herrschaften in der Augsburger Stadtgeschichte etwas Alltägliches. Und Mohren haben hier auch Tradition. Da zitiert zum Beispiel der Historiker Markus Welser, ein gelehrter Sproß der berühmten Augsburger Kaufherrenfamilie, der Ende des 16. Jahrhunderts Geschichtswerke zu schreiben begann, eine Legende von vier Mohrenmönchen aus dem „Abessinierland", die während des Reichstags von 1495 in Augsburg aufgetaucht sein sollen. In einer Herberge bei der damaligen Stockhausgasse – heute wohl das Kaffeegäßchen – sollen sie Obdach gefunden haben, aber dann wegen des kalten Winters heimlich weggelaufen sein. Einer sei auf dem Lechfeld erfroren, die anderen drei habe man rechtzeitig gefunden und in der Herberge wieder aufgetaut. Auf sie soll das Hotelschild der „Drei Mohren" zurückgehen.

Die Autoren

Eva Klotz
in Augsburg geboren und in Augsburg verliebt. Erste Malversuche 1978 an der Volkshochschule. Ihre gemalten Liebeserklärungen an ihre Heimatstadt sind in Buch- und Kalenderform erschienen.

Dr. Rolf Biedermann
geboren in Leipzig. Seit 1966 in Augsburg. Betreut seitdem die Graphische Sammlung in den Städtischen Kunstsammlungen. Macht Führungen, Ausstellungen, versucht die Augsburger Kunst der Vergangenheit wie der Gegenwart zu begreifen und ist damit zwangsläufig zum Augsburg-Fan geworden.

Dr. Elisabeth Emmerich
Redakteurin für Kulturpolitik. Geboren in Marburg, mütterlicherseits schwäbischer Abstammung. Ein „Verhältnis" zu Augsburg besteht seit dem vierten Lebensjahr. Autorin mehrerer Augsburg-Bücher.

Manfred Krug
gebürtiger und überzeugter Augsburger. Von Beruf „Viel auf Reisen". Freut sich schon bei der Abreise auf die Heimkehr in heimatliche Gefilde.

Benno Plabst
Journalist, geboren in Augsburg und (außer Kriegsdienst) immer gelebt in Augsburg. Vermutlich Augsburger aus Berufung – aber kein Berufs-Augsburger.

Rüdiger Schablinski
seit 1952 in Augsburg. Seit 1975 freiberuflich arbeitender Autor. Steckenpferde: Laufen, Verfassen von Wanderführern und das Kabarett. Welch letzteres ihm aber immer weniger Spaß macht, denn: „Die Wirklichkeit ist heute viel satirischer als jede Satire."

Gertrud Seyboth
in München geboren, in Niederbayern aufgewachsen, kam mit 14 Jahren nach Augsburg. 40 Jahre war sie als Redakteurin in Augsburg tätig. Schreibt auch im Ruhestand noch gern. Autorin mehrerer Augsburg-Bücher.

Winfried Striebel
Journalist. Von Geburt und aus Überzeugung Schwabe. 20 Jahre Leben am Lech haben aus anfänglich eher verhaltener Zuneigung längst ein „festes Verhältnis" werden lassen.